Von der Kunst, das Leben zu verlängern

Eine Anleitung zum todfreien Leben in der
Edition BoD
hrsg. von Vito von Eichborn

Horst Jaedicke

Von der Kunst, das Leben zu verlängern

Sterben ist doof.
Alles andere ist Lüge.
Mit Bildern von Paul Simmel

Edition BoD

Bücher für Entdecker

Books on Demand bietet Autoren ein neues Verlagskonzept. Viele Debütanten, etablierte Autoren und engagierte Verleger nutzen den Publikationsservice von Books on Demand und bereichern den Buchmarkt mit interessanten und außergewöhnlichen Titeln. Vito von Eichborn, einer der innovativsten Buchmacher Deutschlands, wählt als Herausgeber für die Edition BoD herausragende Neuerscheinungen aus. Lesen Sie selbst, welche Entdeckungen das Programm von Books on Demand möglich macht.

Mehr Infos auch auf www.bod.de.

Horst Jaedicke ist in den Achtzigern und schaut neugierig auf die zweite Hälfte seines Lebens, das bisher diese Stationen aufweist: von der Schule sofort in den Krieg, dann eine Schnupperphase bei Theatern, Radio und Printmedien (u.a. DER SPIEGEL). Das TV-Geschäft erlernte er bei der Tagesschau. Ein Vierteljahrhundert leitete er den Süddeutschen Rundfunk. Dann folgten 15 Jahre als Cheflektor der Kirch-Gruppe, bevor er sich als Bücherschreiber nach Italien zurückzog. Einsame Spaziergänge am Mittelmeer förderten sein Nachdenken über die menschliche Existenz und ergaben dieses Buch, das sich mit scheinbar Selbstverständlichem nicht abfinden will.

Vito von Eichborn war Journalist, dann Lektor im S. Fischer Verlag, bevor er 1980 den Eichborn Verlag gründete, dessen Programm noch heute ein breites Spektrum umfasst: Humor, Kochbücher und Ratgeber, Sachbücher aller Art, klassische und moderne Literatur sowie die Andere Bibliothek. Nach seinem Ausstieg im Jahre 1995 war er u.a. Geschäftsführer bei Rotbuch/Europäische Verlagsanstalt und sechs Jahre Verleger des Europa-Verlags. Seit 2005 ist Vito von Eichborn selbständig als Publizist tätig und fungiert u.a. seit März 2006 als Herausgeber der Edition BoD.

Inhalt

Meine Buchhändlerin sagte mir, »ja«, sagte sie ...

Ja, das Thema Leben und Tod könnte durchaus auf Publikums-interesse stoßen – ja, aber nur, wenn es nicht versimpelt ist, sondern klug, wenn es nicht zu theoretisch ist, sondern lebendig, wenn es also gleichzeitig vergnügliche Lektüre ist und das Selbstdenken anregt.«

»All dies kann ich versprechen. Es ist witzig – ›sich vor dem Tod zu verstecken bringt gar nichts‹ und ›wer im Selbstmord keine Lösung sieht, für den wurde das Kino erfunden‹ –, es ist reflexiv – von den Philosophen über den Heldentod bis zum Langlebigkeits-Rezept von Goethes Hausarzt Christoph Wilhelm Hufeland –, bis zur Gebrauchsanweisung, den Tod zu überwinden ...«

»Halt, stopp«, unterbrach meine Buchhändlerin mich, »das hört sich ja nun sehr nach dieser unsäglichen Kübler-Ross an, die das Thema Tod ja quasi gepachtet hat. Sie ist ja nun selbst ziemlich alt und behauptet, gerne sterben zu wollen.«

»So ein Quatsch«, war nun ich dran, »das ist ja bei Jaedicke gerade umgekehrt. Sterben ist doof, keiner von uns will gerne abtreten. Nicht mal, wenn wir richtig krank sind, verlässt uns der Überlebenswille. Goethes Hausarzt übrigens empfiehlt, man solle heiraten (möglichst oft). Und er ist quasi ein Wellness-Vorläufer: Baden (Männer und Frauen gemeinsam) und Ruhe-zeiten, Sport und geregelter Tagesablauf, Übermaß und Über-gewicht meiden ...«

»Ja, ja, ist ja schon gut. Aber was erzählt der Autor uns denn nun Neues?«

»Darum gehts doch nicht! Das Wie ist entscheidend, nicht das Was. So etwas Vergnügliches und Selbstironisches wie bei

Jaedicke habe ich noch nie über Leben und Sterben gelesen – na ja, natürlich über das Leben, weil wir übers Sterben nix wissen. Adam und Eva waren, vor dem Sündenfall, ja auf Ewigkeit angelegt. Es gibt Mikroben, die 600 Millionen Jahre alt sind. Und der menschliche Geist hat ja schon einiges zustande gebracht. Warum nicht das ewige Leben? Na ja, natürlich mit einem Augenzwinkern ...«

»Da fällt mir ein«, fiel sie mir ins Wort, »es wird ja allüberall gerade heftig über Sterbehilfe diskutiert ...«

»Ja, denen ist es bitter ernst mit den Fragen der Palliativmedizin, völlig humorlos natürlich. In diesem Buch geht es ganz anders zu:

– Wir sollen den November ebenso streichen wie Todesgedanken, keine Testamente machen, hemmungslos überleben (wie der Zoll, der auch weitermacht, obwohl die Grenzen weg sind) und nach Energie suchen. Körperteile, die nicht ständig gebraucht werden, lassen nach, nicht nur in der Erotik.

– Warum überlassen wir der Jugend die Action: Loveparade und Fußballstadion, Demonstration und Straßenschlacht? Auch im Fernsehen gibt es anregende Knüller, all diese Promis, über die man sich voller Energie richtig aufregen kann. Natürlich ist weniger und vernünftiger essen förderlich, Zärtlichkeiten, ja, Flirten und Küssen sind hilfreich auf dem Weg zum ewigen Leben, auf der Suche nach dem Stein der Weisen und der Insel der Unsterblichkeit ...«

»Okay, okay, angekommen«, rief nun meine Buchhändlerin, »ich habs ja begriffen! Dies ist also keine neue Welterklärung und kein Eso-Ratgeber – sondern offensichtlich ein ebenso lustiges wie verkäufliches Buch. Den Alten unter meinen Kunden – und das sind nun mal die meisten – kann ich das offensichtlich aus vollem Herzen empfehlen. Ist doch schön, etwas gegen die Miesepeter und die Besserwisser und die Hypochonder und die Apokalyptiker zu tun ...«

Ihre Aufzählung wäre noch länger geworden, aber es war ein Kunde hereingekommen und sie hingeeilt.

»Goethes Hausarzt«, hörte ich im Hinausgehen, »Loveparade für Alte ...«

Der Alte grinste.

Viel Vergnügen mit diesem kurzweiligen Spaß

wünscht

Vito von Eichborn

Vorweg

Ein Hoch auf Roberto Pereira da Silva, dem Bürgermeister eines Ortes nahe São Paulo, Brasiliens überquellender Hauptstadt. Der hatte den ihm anvertrauten Bürgern von Biritiba Mirim rundweg verboten, weiterhin zu sterben. Was im Jahr 2005 wie ein kühner Angriff auf die weit verbreitete Sitte menschlichen Ablebens aussah, war freilich nur das Aufbegehren gegen engstirnige Beamte im Umweltamt, das unserem Pereira da Silva, gestützt auf den Erlass 335/03, die Erweiterung seines Gemeindefriedhofs untersagt hatte. Sein Verbot also: reine Notwehr. Denn in Biritiba

Mirim war keine Handbreit Platz mehr für neue Gräber.

Man mag zu Roberto Pereira da Silva stehen, wie man will. Er hat mit seiner Anordnung wieder einmal auf ein Problem aufmerksam gemacht, das die Menschheit seit Jahren unerledigt vor sich herschiebt: den Tod. Man muss sich nur klar machen, welch ungeheuren Aufwand die Natur mit der Herstellung jedes einzelnen Menschen betreibt, welch ein geniales System der Lebensherstellung und der Lebenserhaltung sie aufgebaut hat, um ihn dann, an einem willkürlich gesetzten Termin, wie eine heiße Kartoffel fallen zu lassen.

Da kann doch was nicht stimmen!

Ein paar Worte zu Prentice Mulford

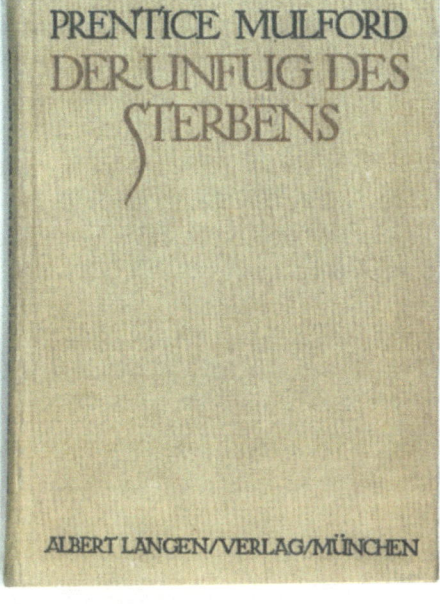

Als die Deutschen noch einen Kaiser hatten, erregte ein Bestseller große Aufmerksamkeit. Geschrieben von einem Mann, der nacheinander Hotelbesitzer, Journalist, Goldgräber, Wanderprediger und nebenbei Zeitgenosse von Mark Twain war. Sein Name: Prentice Mulford. Er lebte, wie könnte es mit dieser Biografie anders sein, natürlich in Amerika.

Mulford überraschte die Welt mit einer Sammlung von Essays, denen er den Titel »Der Unfug des Sterbens« gab. Seine Aussagen sind eine recht sonderbare Mischung aus Naturwissenschaft, Metaphysik und Religion, bei denen man sich heute schwer tut, sie mit Gewinn zu lesen. Das mag zum Teil daran liegen, dass ihn Sir Galahad (sein deutscher Übersetzer ist erstaunlicherweise Engländer) mit elysischem Wortgeklingel begleitet. Das hört sich so an: »Die schweigende Kraft inbrünstiger Sehnsucht ward ihm (Mulford) zur Wünschelrute, die zu den lebendigen Quellbrunnen seines Inneren führt. Nun tritt er die Pilgerschaft an ins eigene Ich und wird der Entdecker, der Eroberer neuer Welten; jede Fiber ist erkennendes Subjekt geworden, in jedem Ganglion brechen Gehirne ins Bewusstsein, und jedes spiegelt einen neuen Kosmos – jedes einen lodernden Wegweiser auf dem Pfad der Freude… Jedes Wort ist mit jenem Fluidum ethischer Kraft geladen, das aus Intuitionen von unbeschreiblicher Macht und Süße fließt.« Nicht zu leugnen, das ist die Sprache des Fin de Siècle, in dem alles überladen und ins Maßlose gespreizt war. Heute klingen uns Mulfords Essays noch mehr nach Wanderpredigt, als nach Reporterberichten aus der New York Times, für die er eine Zeit lang schrieb.

Freilich, was der Schlaumeier aus Übersee anbrachte, waren eigentlich nur Varianten über das bewährte Thema, dass Glaube Berge versetzen kann. Und einer dieser Berge war für ihn der Tod. »Wir glauben«, kann man bei ihm nachlesen, »dass die Unsterblichkeit im Fleische möglich ist, wie der Geist ihn zu gebrauchen wünscht und dass ferner dieser Körper, statt im Lauf der Zeiten zu zerfallen, sich in einer erneuten Jugend zu regenerieren vermag.« Zur geistigen Überhöhung seiner These, die rechtschaffene Gen-Wissenschaftler auf die Bäume treibt, bietet er weiter an: »Wir können, wenn das Unmögliche wünschenswert ist, einen Glauben erbitten, der uns die Gründe liefern wird für das, was wir zu glauben wünschen; in dem Maße, wie wir ihn erbitten, kommt der Glaube.« Das ist natürlich reines Münchhausisch. Denn bekanntlich behauptet auch der Lügenbaron, sich (wider alle physikalischen Gesetze) am eigenen Schopf aus dem Sumpf gezogen zu haben. Allerdings, im Hinblick auf die Realisierbarkeit seiner Thesen zeigte sich Mulford eher zurückhaltend: »Freilich will ich nicht behaupten, dass Unsterblichkeit einem der gegenwärtig Lebenden erreichbar sei, aber«, so fügte er schnell hinzu: »auch nicht unerreichbar.« Ihm jedenfalls

gelang dieses nur ansatzweise. Im Morgendunst löste der 60-Jährige am 2. Mai 1891 die Taue seines Segelboots und schipperte mutterseelenallein in Richtung Long Island, dorthin, wo er einst seine Jugend verbracht hatte. Am nächsten Morgen sah man sein Schiff führerlos im Potomac River treiben. Die Leute, die es aufbrachten, fanden ihn schlafend, in eine Decke gehüllt am hinteren Bootssteven. Und erst jetzt bemerkten sie, dass er tot war.

»Prentice Mulford selbst ist leider noch gestorben, – aber gewiss zum letzten Mal; und auch das war sicher pure – Schlamperei«, lässt uns Sir Galahad dazu wissen. Wladimir Lindenberg, mit Mulfords Biografie ebenfalls wohl vertraut, setzte noch einen drauf: »Er schlief den ewigen Schlaf. Sein Antlitz war wie der Kuss eines Engels.«

Aber in einem hatte Mulford Recht:
Sich vor dem Tod zu verstecken,
bringt gar nichts.

Falsche Hoffnung

Statistisch gesehen sterben die meisten Menschen im Bett. Damit drängt sich die Frage auf, ob nicht dort weitergeforscht werden müsste, um diesen Zusammenhang zu enträtseln. Leider gibt es keine Hinweise, dass eine Veränderung der Nachtsitten zu einem Rückgang der Sterblichkeit führt.

So schmerzlich es auch sein mag. Ein Umgewöhnen von der Horizontalen in die Vertikale, also nach Pferdeart im Stehen zu schlafen, ist kein Erfolg versprechender Weg, dem Tod zu entgehen. Die Pferde werden das gern bestätigen.

Der gespaltene Mensch

Wir alle führen ein Doppelleben. Eines mit Bodenhaftung, das andere in Traumgefilden. Das erste ist der Alltag. Schon aus der Bezeichnung lässt sich Überdruss heraushören. Da sind das morgendliche Aufstehen, winterliche Kälte und überhitzte Sommer, Beziehungsprobleme, eigenes oder fremdes Kindergeschrei, Arbeitsärger, Existenzsorgen. Sinnlos, all die Folterbegriffe hier aufzuzählen. Nur Glückskindern gelingt es, dieser sperrigen Welt weitgehendes Behagen abzugewinnen.

Unsere Träume jedoch gehen uns süffig ein. Sie kennen keine Reifenpanne mit leerem Handy auf der Autobahn, sie wissen nichts von abgesprungenen Schläuchen an Waschmaschinen, und Geldsorgen sind ihnen etwas völlig Fremdes. Mit unseren Sehnsüchten werden wir schwerelos. Wir schweben wie Wolken, wir sind unermesslich reich, sind schön, können uns unsichtbar machen und das Glück verfolgt uns geradezu. Wenn nötig, verfügen wir auch über Riesenkräfte, die jeden Angreifer zerschmettern. All dies ist garniert mit Liebe, die uns selbstlos von Märchenprinzen oder Märchenprinzessinnen zuteil wird. Das letzte Tippelchen ist dann noch die Unsterblichkeit, denn wer will sich schon vorzeitig aus einer so makellosen Welt verabschieden?

Die Urträume sind nur in unserem Inneren zu Hause. Aus gutem Grund, denn einige dieser Leidenschaften könnten unsere Nebenmenschen erschrecken. Bei manchen verschwimmen die Grenzen zwischen den beiden Welten und verführen sie so zu einem gewaltsamen Ortswechsel, wenn irdische Probleme sie zu erdrücken drohen. Wer im Selbstmord keine Lösung sieht, für den wurde das Kino erfunden, das unsere Ursehnsüchte in Portionen packt. Ganz modern sind Computerspiele, die ein »Second Life« in digitaler Bauart bereithalten. Der Playstick ist der Wanderstab in eine neue Erlebniswelt.

Als die Bilder das Laufen noch nicht gelernt hatten, mussten die Menschen nach anderen Mitteln suchen, um ihre Sehnsüchte zu erfüllen. Der Wechsel von einer Welt in die andere, im Kopf sehr leicht zu bewerkstelligen, erwies sich in der Wirklichkeit doch als recht sperrig.

Da musste man dem Müller von Tripsdrill, einem kleinen schwäbischen Ort zwischen Stuttgart und Heilbronn direkt dankbar sein. Der wollte sich gewiss zuerst einmal den ständigen Ärger mit den Bauern vom Hals schaffen, die ihn für einen Betrüger hielten, weil sie für ihre Säcke voll Korn nur halb soviel Säcke mit Mehl zurückbekamen. Die Umstellung seiner Windmühle auf einen Verjüngungsbetrieb war ein Geniestreich. Niemand wagte mehr ein böses Wort gegen den Müller von Tripsdrill. Er hatte sich mit einer Einrichtung Respekt verschafft, die allen Ehemännern wie ein Labsal erscheinen musste: Er reparierte ihre aus dem Leim gegangenen Frauen: Durch ein spezielles Mahlwerk konnte er angeblich auch verschrumpelte Gattinnen so verjüngen, dass ihre Männer Mühe hatten, sie wiederzuerkennen.

Allerdings scheint die »Altweiber-Mühle« ihre Recyclingskraft verloren zu haben, als sie 1946 ein Blitzschlag in verkohlte Trümmer verwandelte. Dem ihr nachfolgenden Neubau konnte bisher noch keine Wunderkraft attestiert werden, weshalb sich die Besucher von Tripsdrill jetzt drum herum aus einem Vergnügungspark ihre Freude holen müssen.

Was einem Müller recht sein durfte, konnte man den Bäckern damals nicht verwehren. Sie erfuhren jeden Sonntag in der Kirche, dass Wein in Christi Blut verwandelt werden konnte und das von ihnen hergestellte Brot in dessen Leib. War ihnen da nicht ein herrliches Material zur Hand gegeben, das kräftig durchgewalkt, zu neuen Menschen geformt werden könnte? Eine Stunde im Feuerofen, und schon entspränge diesem Teig ein herrlicher Jüngling? Man sieht, auch Erwachsene können wie kleine Mädchen träumen.

Über den normalen Umgang mit dem Tod

Es ist gewiss eine trostlose Aussicht, dass sich auch das reichste Erdendasein am Ende in Nichts auflöst, in bösen Fällen sogar unter Schmerzen. Dies alles passt so gar nicht in das gewohnte Lebensschema, bei dem man sich ständig Glück verheißende Ziele steckt: in jungen Jahren das Erwachsenwerden, markiert durch Fernsehen bis in die Puppen und den Führerschein, die Teeniezeit mit dem Ende einer mürbenden Schulpflicht und die Entdeckung des anderen Geschlechts, von dem man hinter vorgehaltener Hand viel Aufregendes erzählt bekommen hat. In der Lebensmitte dann der berufliche und familiäre Erfolg, wenn es gut geht, garniert mit Chefsessel und Haus im Grünen. Selbst wenn diese Zeit zu Ende geht, verlockt eine Art Dauerurlaub, ausgeschmückt mit Weltreisen, niedlichen Enkelkindern und Unkündbarkeit. Dazu passt natürlich überhaupt nicht, dass das letzte Ziel alles andere als erstrebenswert ist.

Also begibt man sich auf die Suche nach Denkweisen, die diesen Umstand in einem anderen Licht erscheinen lassen. Glücklicherweise gibt es Philosophen wie Sand am Meer und ihre Erkenntnisse sind widersprüchlich genug, um für jeden Geschmack etwas bereit zu halten. Keiner der klugen Herren konnte sich dabei der Frage nach dem Sinn des Lebens entziehen. Gewiss kann man in dem »Stirb und Werde« eine sehr geschickte Anpassungstechnik der Natur an eine sich ständig verändernde Umwelt erkennen. Aber was das Ganze soll, ist damit noch nicht beantwortet. Wäre dem Weltall nicht auch mit einer völlig kahlen Erde gedient? Andere Himmelskörper kommen mit dieser Ausstattung gut zurecht. Wer sollte Pflanzen, Tiere und Menschen vermissen, wenn es keine Pflanzen, Tiere und Menschen gäbe? Niemand hätte Angst vor Atomen, Genen und Ozon. Es gäbe keine Steuererhöhungen, Ehekrisen, Arbeitslosigkeit und was uns sonst noch belastet. Die Philosophen lassen uns bei dieser Frage leider völlig im Stich. Dafür halten sie einen ganzen Berg kluger Gedanken bereit, um unserem Abgang ins Nichts ein besseres Image zu verschaffen.

Der glorreiche Tod

Das Veredeln war Jahrhunderte lang gängige Münze. Gemeint ist der Heldentod, das sich Aufopfern für eine große Sache, von der ein Dichter wie Homer in seiner »Ilias« sagt: »Süß und ehrenvoll ist es, für das Vaterland zu sterben.« Da konnte der Erfinder unserer Nationalhymne, Hoffmann von Fallersleben, nicht dahinter zurückbleiben und reimte: »Kein schönrer Tod ist in der Welt, als wer vorm Feind erschlagen.« Es soll auch erbaulich gewesen sein, für seinen Glauben hingerichtet oder von Löwen zerfleischt zu werden, um dann als Märtyrer in Reliquienform bis in die Jetztzeit hinein aufbewahrt zu werden.

Auf den tieferen Etagen hat der zivile Heldentod seinen Platz. Ein Jüngling opfert sich für seine Geliebte, ein Bodyguard für seinen Schutzbefohlenen und eine Mutter stirbt für ihr Kind. Die Zeitungen sind voll mit anrührenden Geschichten dieser Art, wenngleich zuzugeben ist, dass das Vaterland in der Liste der Opferprioritäten nicht mehr an erster Stelle steht.

Der verdrängte Tod

Das Wegschieben der Todesgedanken ist am verbreitesten. Hier geben diesmal die Operettentexter den Ton an: »Glücklich ist, wer vergisst, was nicht mehr zu ändern ist.« So jubelt es in der »Fledermaus« von Johann Strauß. Was im erstem Lebensabschnitt noch sehr leicht ist, wird allerdings mit zunehmendem Alter doch schwierig bis unmöglich, da unsere Gesellschaft alles aufbietet, um Vorkehrungen für das irdische Ende anzumahnen, schon weil dieses sich politisch, religiös, kommerziell und auch anders gut verwerten lässt. Wir kommen auf diesen Umstand noch zurück.

Der übersprungene Tod

Die meisten Religionen bieten den Verstorbenen Paradiese an, für die man in einem Jüngsten Gericht vorsortiert wird. Da sich kaum jemand als Bösewicht sieht, mildert dies die Angst vor dem Sterben beträchtlich, denn den Guten winkt damit das Ewige Leben. Genaueres lässt uns der Kirchenlehrer Augustinus wissen: »Auferstehen wird nur die Materie, die im Moment des Todes vorhanden war. Der Unterschied der Geschlechter wird fortbestehen, aber ohne sinnliche Lust: Alle Sinnesorgane werden wieder vorhanden und in Tätigkeit sein, mit Ausnahme des Geschmackssinns. Die Körper werden nach der Auferstehung nicht mehr wachsen, auch nicht dicker oder dünner werden. Eine gewisse Abhängigkeit von Zeit und Raum ist noch vorhanden. Doch viel schneller bewegen sich die auferstandenen Körper von einem Ort zum anderen, frei dem Triebe und Zuge der Seele folgend. Sie sind verklärt, hell und glänzend und können nur von verklärten Augen gesehen werden. Dagegen sind die Körper der Verdammten hässlich und missgestaltet, zwar unverweslich, aber leidensfähig, was die Körper der Seeligen nicht sind.«

Völlig unklar ist allerdings der Zeitpunkt der Veranstaltung. Das Jahr 1000 nach Christus zeigte sich als ein Jahr wie jedes andere. Dabei hatte man mit an Sicherheit grenzender Wahrscheinlichkeit hier den Weltuntergang erwartet. Grund genug für alle Bösewichter, sich durch gute Taten noch eine Eintrittskarte ins Paradies zu sichern. In den Beichtstühlen der Kirchen herrschte Hochbetrieb. Straßenräuber, Bettler, Ehebrecher, Diebe und andere Schwerenöter, alle wollten sich noch rasch von ihren Sünden befreien. Aufatmend kehrten sie wieder zu ihren gewohnten Beschäftigungen zurück, als sich die Sache selbst als Windei erwies. Danach wurden Kometen, Erdbeben, Hungersnöte und Seuchen (Vogelgrippe?) immer wieder als Vorboten eines Weltgerichts angesehen. So auch der Eintritt ins Zweite Jahrtausend christlicher Existenz. Dass auch hier kein Weltgericht stattfand, wissen wir inzwischen.

Spaziergänger im Grenzbereich

Leider fehlen uns zuverlässige Informationen, wie die Sache mit dem Sterben überhaupt vor sich geht. George Gallup, der Direktor für religiöse Forschung in den USA, hat sich dieser Dunkelzone angenommen. Er wandte dabei eine bei seiner Familie seit vielen Jahren gebräuchliche Methode an: er fragte die Leute aus. Natürlich die Richtigen und dies gleich mehrfach. Die Ergebnisse legte er Naturwissenschaftlern, Geistlichen und Psychologen zur Beurteilung vor. Die Schlussfolgerungen waren entsprechend uneinheitlich.

Bei einer Grundsortierung der dabei Befragten stellte sich heraus, dass es immerhin 67% sind, die an ein Leben nach dem Tode glauben. Die Hölle wird von 53 % der Amerikaner für möglich gehalten, während der Himmel auf 71% Zustimmung kommt. Eigentlich müssten Himmel und Hölle die gleichen Wertungen erbringen. Aber wer will es den Antwortenden verübeln, wenn sie den unangenehmen Part lieber außen vor lassen?

Nun gibt es Menschen, die durch ein Versehen der Natur nach einem Kurzbesuch aus dem Jenseits zurückkehren konnten. Aber deren Aussagen sind noch wackeliger. Zusätzlich eingeschränkt durch die unwiderlegbare Feststellung, dass Tote schlecht aussagen können, es sei denn, sie waren nie tot. Entsprechend traumverworren sind alle Angaben. Von einer Trennung des Körpers vom Geist ist viel die Rede. Manche glauben, sich in einem Tunnel erlebt zu haben mit einem strahlenden Licht am anderen Ende und nicht wenige tun sich schwer, ihre Erlebnisse zu formulieren, weil unsere Sprache keine Worte bereit hält für das, was es eigentlich nicht gibt. Da macht es uns Thomas Edison, der Erfinder der Glühbirne, nach einer Ohnmacht kurz vor seinem Tode erwachend, leicht, als er sagte: »Es ist sehr schön hier, auf der anderen Seite.« Das hört sich bestrickend an, hilft aber auch nicht, der Todesstunde zu Leibe zu rücken.

Selbst die Erforschung weiterer »letzter Worte« lässt uns im Stich. Der Ausruf: »Schau mal, wie gut ich die Kurve nehmen kann«, berichtet über ein persönliches Schicksal ohne jeden Hinweis auf das

Danach. Ungeeignet ist auch jener Klein-Industrielle, der seine Kinder auf dem Sterbebett zur Sparsamkeit und Bescheidenheit ermahnt hatte. Da sie ihm eine Freude machen wollten, brachten sie ihm ausnahmsweise eine mit Butter bestrichene Brezel. Die letzten Worte des Vaters: »Ja geht die Sauerei schon los?!«

Hilft uns Goethe weiter, auch ein Nützlicher in vielen Lebenslagen? Ihm wird das »Mehr Licht« als Schlussseufzer zugeschrieben. Manche wollen daran den Eintritt in eine zweite Welt festmachen. Andere sehen das profaner: Der aus dem Hessischen stammende Dichter habe lediglich um ein zusätzliches Kissen gebeten, wobei er von seinem »Mer lecht heer schlecht« möglicherweise die letzten beiden Worte nicht mehr schaffte.

Thomas Mann sagte: »Gebt mir meine Brille.« Julius Caesar: »Auch du mein Sohn Brutus.« Archimedes, zu dem Soldaten, der ihn erschlug: »Störe meine Kreise nicht.« Mörike machte sich Sorgen um seine Gedichte: »Es steht doch nichts Frivoles drin?« Die Spionin Mata Hari zum Offizier ihres Erschießungskommandos: »Monsieur, ich danke Ihnen.« Schlussendlich der Nervenarzt Dr. Hermann Nothnagel, der sein Ableben mit der Genauigkeit eines Wissenschaftlers notierte: »Stenokardische Anfälle mit äußerst heftigen Schmerzen. Puls und Anfälle gänzlich verschieden, einmal langsam ca. 50-60, ganz regelmäßig, stark gespannt, dann wieder beschleunigt 80-90, ziemlich gleich und regelmäßig, endlich vollständig arhythmisch, ganz unequal, bald beschleunigt, bald langsamer, mit ganz wechselnder Spannung. Geschrieben am 6. Juli 1905 abends spät, nachdem ich vorher drei heftige Anfälle gehabt habe.« Diese Aufzeichnungen fand Nothnagels Diener am nächsten Morgen bei seinem toten Herrn.

Man muss leider erkennen, dass sich auch hier keine Tür zu erhellendem Wissen öffnet. Vielleicht ergeben sich anderswo bessere Möglichkeiten.

Annäherungen an die Unsterblichkeit

Der Erste, der erkannte, dass man sich nur in das Gedächtnis der Welt eingraben muss, um wenigstens einen Hauch vita aeterna zu erreichen, war ein Mann namens Heróstratos. Der lebte in Ephesos, einst eine mächtige Stadt in Kleinasien (die Insel Samos vor der Nase), heute zu einem Ort namens Selcuk verkümmert. Das Schmuckstück von Ephesos war der Tempel der Göttin Artemis. Zeitgenössischen Berichten zufolge »die Hochaufragende, die, mit brennenden Fackeln in den Händen, lärmend und wild die Berge durchstürmte, begleitet von einer Koppel kläffender Hunde und einem Schwarm lieblicher Nymphen.« Die jagdverliebte Dame war nicht ohne Grund von den Ephesiern zur Schutzherrin ihrer Stadt ernannt worden. Und nicht ohne Grund nahm Heróstratos ebenfalls eine Fackel, um an ihrem Tempel Feuer zu legen. So geschehen im Jahr 529. Damals fehlten natürlich alle Mittel für eine kraftvolle Brandbekämpfung. Aber auch die brillante Feuerwehr von Knautschendorf (von Simmel unten porträtiert) wäre an der Aufgabe, eines der Sieben Weltwunder der Antike zu retten, gescheitert.

Der Gewinner war Heróstratos. Ihm gelang es damit tatsächlich, seinen Namen unauslöschbar zu machen. Wenigstens bis heute. Ja, er wurde sogar zum Begriff für verblendete Ruhmsucht und dies, obwohl die Nennung seines Namens in Ephesus bei Todesstrafe verboten worden war.

Die Erhaltung des Namens

Heróstratos hat immer wieder Nachahmer gefunden, die auch brav in die Geschichtsbücher eingingen. Mit nachlassendem Erfolg, denn durch die neu hinzugekommenen Medien wird die Welt mit Namen richtiggehend zugeschüttet. Sie greifen gerade noch für die Dauer einer Generation. Die nachfolgende weiß meist nichts mehr damit anzufangen. Besonderes Pech hatte der Mann, der in London die berühmte Portlandvase, eine antike Kostbarkeit aus venezianischem Glas, in Stücke haute, um sich so zu verewigen. Er tat dies 1945 als halb Europa in Trümmern lag, und man muss verstehen, dass zu dieser Zeit für eine kaputt gegangene Vase aus dem Britischen Museum nicht viel Aufmerksamkeit übrig blieb. Der Name dieses Heróstraten ging auch prompt verloren.

Die Bildung eines Familienclans, im Adel perfekt dargetan, ist eine bewährte Methode, um das Vergessenwerden zu überlisten. Erbschaften werden dabei nicht, wie sonst üblich, auf den Kopf gehauen, sondern bewahrt und, nach Kräften vermehrt, an die nächste Generation weitergegeben. Obwohl dem Adel mit der Zeit seine Privilegien abgenommen wurden, weiß er sich noch heute eine Sonderstellung in unserer Gesellschaft zu erhalten. Dabei hatte alles damit angefangen, dass ein Bauer ein Pferd besaß und ein Fürst zur Verteidigung seines Landes einen Reiter brauchte. Da Kriege damals zum Alltag gehörten und Friedenszeiten die Ausnahme waren, blieben die Reiter gleich in der Nähe ihrer Fürsten, nannten sich Ritter und holten ihre Familien nach. Bei schönen Siegen gab es dafür schöne Belohnungen, meist in Form von leihweise überlassenen Immobilien, die mit der Zeit zum festen Besitz wurden. So konnten die Beschenkten ihre Namen mit einer Ortsangabe verbinden, womit das »von« in die Welt kam, mit den Endsilben »dorf« und »feld« ihre bäuerliche Herkunft verratend.

Verständlicherweise war es den Fürsten zu dumm, stets neue Bauern auszuheben. Da ergänzten sie ihre Truppe lieber durch die Söhne ihrer Ritter und hielten sie dadurch bei der Stange, dass diese in die Privilegien ihrer Väter einrücken durften. Damit wurde das »von« zum Adelsprädikat, zunehmend angereichert mit klingenden Titeln wie Edler, Fürst, Baron, Graf, Herzog und was ihnen gerade noch so einfiel. Die so gesalbten hatten in der Regel nur kurze Leben, auch wenn sie nicht im Kampfe starben. Aber ihre Namen wurden vererbt und vererbt und vererbt. Deshalb ist kein Erstaunen erlaubt, wenn man heute im 21. Jahrhundert in führenden Positionen die gleichen Namen (viele in einer kurios verdrehten Rechtschreibung) finden kann, wie etwa im zwölften Jahrhundert.

Die Erhaltung der Körper

Eine andere Form der Verewigung fand man in Ägypten mit der Mumifizierung. Siebzig Tage lang, keinen Tag mehr und keinen Tag weniger, wurden die Könige vom Nil in Natronlauge eingelegt, ausgeweidet und mit wundersamen Salben präpariert, um sie dergestalt für ihre lange Reise ins Jenseits fit zu machen. Auch Normalbürger, so sie das Geld hatten, ließen sich auf diese Weise behandeln, wobei sie nicht ahnen konnten, dass die so Bestatteten tausend Jahre später Stück für Stück von Grabräubern eingesammelt und meistbietend an die Museen der Welt verkauft würden.

Der berühmtesten Mumie der Welt, die des Tut-ench-Amun, blieb dieses Schicksal erspart, obwohl auch bei ihm böse Grabplünderer mehrfach zugange waren. Da man aber den erst 18-jährigen Schwiegersohn der schönen Nofretete recht unzugänglich im Tal der Könige eingemauert hatte, konnten ihn Lord Carnarvon und sein Helfer Howard Carter im Jahr 1922 mit sachverständiger Vorsicht aus seinen Binden schälen. Drei ineinander geschachtelte Sarkophage, der innerste aus purem Gold, mit dem man auch in anderen Teilen seiner Grabkammer großzügig umgegangen war, umhüllten die edle Leiche. Heute ist sie im Museum von Kairo zu den ortsüblichen Öffnungszeiten zu besichtigen. Rings um Tuts unterirdischem Steingrab lagen 12 Paddel, um den Pharao damit vorsorglich seetüchtig zu machen. Es könnte ihm ja auf seinem stufenreichen Weg zum Himmel irgendwo ein Gewässer begegnen.

Die modernere Art der Lebensstreckung ist das Einfrieren. In einem medizinischen Laboratorium in dem durch Hitchcocks »Psycho« bekannt gewordenem Phönix liegt Dr. James H. Bedford in der Kühltruhe und wartet auf die Erfindung eines Medikaments, das seine Krankheiten heilen kann. Rund fünfzig Jahre hat er bei minus 198 Grad schon hinter sich, eine Lebensverlängerung von beachtlichem Umfang, vorausgesetzt, es gelänge, den unterkühlten Doktor jetzt wieder aufzutauen. Aber ein Weiterleben nach dem Auftauen ist doch sehr umstritten. Gewiss, bei niederen Lebewesen ist das bereits geglückt. Aber der Homo sapiens ist doch eine zu komplexe Konstruktion, als dass man von ihr dasselbe wie von Amöben verlangen könnte. Man muss leider davon ausgehen, dass selbst bei größter prophetischer Energie Bedford sein Ziel nicht erreichen wird. Dazu kommt, dass der Doktor bereits tot war, als man ihn auf Eis legte, und damit müsste sein Leben von Grund auf erneuert und nicht nur reanimiert werden. Seine Chancen wären vielleicht ein bisschen größer, hätte man ihn in hauchdünne Scheiben geschnitten. Tierversuche haben gezeigt, dass die Kälte überfallartig alle Zellen erfassen muss, um ein gefährliches Auskristallisieren der Körperflüssigkeit zu verhindern. So wird Mr. Bedford wohl noch bis in alle Ewigkeit im Kühlfach bleiben, wenn nicht entnervte Erben von sich aus auf einen Abbruch des kostspieligen Gefrierverfahrens drängen.

Wladimir Iljitsch Lenin wurde bereits abgeschaltet. Die Cryobiologen, Leute die in tiefen Temperaturen zu Hause sind, haben den Erfinder der Sowjetunion nach seinem Tod im Jahr 1924 in Moskau solange mit flüssigem Stickstoff und anderen Präparaten behandelt, bis er in einem Mausoleum auf dem Roten Platz vorzeigbar war. Die Bevölkerung sollte die Unsterblichkeit seiner Gedanken durch das Vorzeigen seines offensichtlich unverwesbaren Körpers bestätigt sehen. Als dann nach der Perestroika die Menschenschlangen vor seinem Schneewittchensarg immer kleiner wurden, wäre das möglicherweise eine Gelegenheit zur Wiedererweckung des charismatischen Führers der Bolschewisten gewesen. Wenn es versucht wurde, dann wohl ohne Erfolg, denn der berühmte Tote bekam bald darauf ein ordentliches Grab an der Kremlmauer.

Bevor Sie sich Hoffnung machen: Als einziges Land der Welt haben die Vereinigten Staaten von Amerika ihren Bürgern 1976 das Vereisen gestattet. Abgeschmettert von französischen Gerichten wurde dagegen der Sohn des Arztes und Biologen Raymond Martinot mit dem Wunsch, seinen verstorbenen Vater neben dessen Lebensgefährtin legen zu dürfen, die bereits seit 1984 mit einer Sondererlaubnis tiefgekühlt im Keller eines Loire-Schlösschens lag. Da der Staatsrat, Frankreichs Oberstes Gericht, bereits in einem anderen Fall gegen diese Form der Bestattung entschieden hat, wird dem braven Sohn nichts anderes übrig bleiben, als sich dem »Verband der Tiefgefrorenen« anzuschließen, der von Michael Leroy, eben diesem Abgewiesenen, gegründet wurde. Leroy hofft auf eine Massenbewegung und damit auf eine Umstimmung des Parlaments.

Wer als Deutscher im Trockeneis-Sarg bessere Zeiten abwarten will, muss sich schon selbst auf den Weg nach Amerika machen. Die Chancen steigen, je weniger tot der Aspirant im Cryonics-Institut in Michigan ankommt. Freilich gibt es Helfer die mit zweckdienlichen Last-Minute-Flügen dienen und gegebenenfalls auch einen einigermaßen frischen Leichnam noch über den Ozean bringen.

Austauschorgane

Die Frage klingt simpel: ist es vertretbar, einem Menschen ein Stück seines Körpers zu entnehmen und es einem anderen zum Gebrauch zu überlassen? Erst wenn man sich durch einen Berg von praktischen Erwägungen und ethischen Bedenken gewühlt hat, kann man darauf mit einem klaren »Jein« antworten. Damit haben wir den gegenwärtigen Stand der Dinge recht genau beschrieben.

Kein Mensch hätte bei der ersten Nierentransplantation daran gedacht, dass alles einmal so kompliziert werden würde. Eine Mutter oder ein Vater, auf jeden Fall ein enger Verwandter, gab einem todgeweihten Patienten eine Niere, von denen die Schöpfung dem Menschen vorsorglich gleich zwei mitgegeben hat. Beide Seiten waren damit einverstanden. Der Patient konnte so weiterleben und die Mutter oder der Vater, auf jeden Fall ein enger Verwandter, kamen gut, wenn auch mit leichten Einschränkungen (wegen des halben Nierensatzes), zurecht. Geld ist dabei gewiss nicht geflossen. Der Stolz, ein Leben gerettet zu haben, überwog. Auch bei den beteiligten Ärzten.

Der auch noch verdammt gut aussehende Christiaan Barnard wurde wie ein Heiliger verehrt, als es ihm 1967 gelungen war, zum ersten Mal einem schwerkranken Südafrikaner eine fremdes Herz zu verpassen. Das schlug für ihn allerdings nur achtzehn Tage. Aber danach konnte Barnard die Lebenserwartungen seiner Patienten wesentlich steigern. Um die Spender der Herzen machte sich niemand große Gedanken.

Das hat sich inzwischen grundlegend geändert. Gegenwärtig stehen die eines Organs Beraubten ganz im Mittelpunkt. Da eine erfolgreiche Operation nur dann gewährleistet ist, wenn das Herz noch voll funktionsfähig dem Spender entnommen wird, wurden dessen Hinterbliebene zunehmend von dem Gedanken gequält, einem Sterbenden den Todesstoß verpasst zu haben. Neben den Organspender-Pässen gibt es jetzt auch Organverweigerungsdokumente.

Obwohl wir wissen, dass das Herz ein Organ wie jedes andere ist, hat es durch seine zentrale Funktion eine fast mythische Strahlkraft. Es ist eben nicht nur eine Blutpumpe, sondern auch der Ort der vom Herzen kommenden Liebe, der zu Herzen gehenden Trauer und der herzlichen Grüße, die manchen Briefschluss schmücken.

Diese Bedenken treffen in Abstufungen auch die anderen Organverpflanzungen. Neben den uns vertrauten künstlichen Gliedmaßen ist das eine ganze Menge: Leber, Bauchspeicheldrüse, Nieren, Milz, Augen und die Haut. Auch Lungen und Mägen werden transplantiert. Das Herumwühlen in fremden Körpern ist und bleibt fragwürdig.

Eine Lösung kann nur von künstlichen Implantaten erwartet werden. Gegenwärtig von der Zahnmedizin mit Erfolg auf den Weg gebracht. Dort hat man mit Gebissprothesen bereits ausreichend Erfahrungen gesammelt, die sich jetzt bei der Verankerung von neuen Zähnen in alten Kieferknochen vortrefflich bewähren. Schwieriger wird es, wenn künstliche Ersatzteile im Körperinneren eingepflanzt werden sollen. Nicht nur, dass unsere Nervenstränge viel zu kleinkalibrig sind, um die dafür notwendigen Befehle zu übertragen. Auch die künstlichen Organe selbst sind ein Problem, weil die Nachahmungen in der Regel weit mehr Platz in Anspruch nehmen als die Originale.

Daraus erwuchs der Gedanke, wichtige Organaufgaben außerhalb des Körpers unterzubringen, derer man sich erst dann bedient, wenn sie gebraucht werden. Im Grunde arbeiten wir damit schon längst. Wenn wir einen Nagel in die Wand schlagen wollen, holen wir dazu einen Hammer aus der Werkzeugkiste, weil unser Körper aus Gewichtsgründen auf ein dafür geeignetes Instrument verzichten musste. Wärmende Körperhaare gingen uns im Verlauf der Evolution verloren, dafür greifen wir den Wintermantel aus dem Schrank, wenn's draußen kalt ist. Ein zusätzlicher Vorteil dieses Verfahrens liegt darin, dass sich gleich mehrere Personen dieser Hilfen bedienen können. Ein Hammer pro Haushalt genügt vollauf und bei Regen braucht nur der einen Schirm, der aus dem Haus muss.

Andere Forschergruppen beschäftigen sich mit der Aufzucht von im Labor gezüchteten Implantaten, was bei menschlichen Augen schon zu klappen scheint. Die Gentechnik eröffnet dabei ungeahnte Wege. Allerdings schlagen sich die Wissenschaftler mit dem gleichen Problem herum wie Christiaan Barnard. Unser Körper hat was gegen fremdes Gewebe und bietet seine ganze Kraft auf, um es wieder los zu werden. Ein durchgreifendes Mittel gegen diese Abstoßungsorder steht noch aus.

Wenn wir jetzt ein paar Jahrhunderte weiter denken, kommen wir gewiss an den Punkt, an dem Krankenhäuser menschliche Ersatzteile in reicher Auswahl bereithalten, vergleichbar einer Auto-Reparaturwerkstatt. (Natürlich fände der Organ-Austausch nicht, wie bei Simmel, auf offener Straße statt).

Und noch ein Gedanke legt sich über das für uns schon kaum mehr Vorstellbare. Diese Ersatzteile stellen auch Pflastersteine für den Weg in die Unendlichkeit dar. Da sie nicht mit ihrem Eigentümer sterben müssen, können sie von den nachfolgenden Generationen weiter benutzt werden. Wenn man so will, ein Ewiges Leben auf Raten.

Es wird nicht lange dauern, bis in Deutschland eine Diskussion ausbricht, bei wie viel Prozent Fremdmaterial der Mensch noch ein Mensch genannt werden darf. Da demokratisch erzeugte Gesetze in der Regel nur Kompromisse darstellen, wird man sich wohl bei der Hälfte treffen.

Anleihe beim Himmel

Dass die Sterne bei den Ewigkeitsgedanken eine große Rolle spielen, ist kein Wunder. Die Überlebensfähigkeit der Himmelskörper ist unbestritten. Das gestattet unschwer auch deren Bewohnern, den Außerirdischen, eine Portion Unsterblichkeit zuzuweisen. Kein Science-Fiction-Autor hat sich je mit den Begräbnissitten auf fremden Planeten beschäftigt, obwohl es unserer terrestrischen Abwehr immer wieder gelingt, vermessene Angriffe blutig (oder was immer durch die Adern der Angreifer fließt) abzuwehren. Offensichtlich werden die Feinde dabei einer Verdunstung zugeführt, die jedwede Beschäftigung mit Beerdigungsritualen der Frogs und ähnlicher Gesellen entbehrlich macht.

Mit hausgemachter Unsterblichkeit haben eigentlich nur die Produzenten von Fernsehserien ihre Schwierigkeiten. Sie können nicht verhindern, dass ihre Science-Fiction-Stars mit der Zeit nach Menschenart vor sich hin altern. Geschickte Maskenbildner mögen dies gewiss noch eine Weile kaschieren, aber irgendwann ist auch deren Kunst am Ende. Dann bleibt nichts anderes übrig, als die ganze Raumschiffmannschaft in einen Supergau zu jagen und auf einer Terra Nova mit einer neuen Serie und neuen Darstellern zu beginnen.

Diesem Problem mussten sich die Comics erst gar nicht stellen. Da ihre Helden aus den Köpfen begabter Zeichner stammen, können sie sich leicht aus dem Alterungsprozess ausklinken. Superman, der als kleiner Junge von dem Planeten Krypton zu uns kam, hörte irgendwann einfach auf, an Jahren zuzunehmen. Alle seine übernatürlichen Sinne blieben seitdem in voller Qualität erhalten: Seine Augen finden sich nach wie vor im Sternenhimmel genauso zurecht wie unter den Atomen und Molekülen. Auch ein Röntgenblick ist ihm möglich. Mit der Glut seiner Augen kann er Wolframstahl wie Butter an der Sonne schmelzen lassen. Mit Supergeschwindigkeit durchfliegt er den Weltraum und fühlt sich in und unter der Erde genau so wohl wie in den Tiefen der Ozeane. Er friert nicht, er atmet nicht und wenn er einmal verwundet werden sollte, schüttelt er seine Verletzung ab wie ein Hund das Wasser. Kein Wunder, dass er und die anderen Comic-Helden von einigen Amerikanern missverstanden wurden. Ihre Flüge von Wolkenkratzer zu Wolkenkratzer endeten alle tödlich.

Nach den Bestattungsriten der damaligen Zeit wurde das, was von ihnen übrig blieb, der Erde oder dem Feuer übergeben. Heute hat jederman die Chance, diesem Einerlei zu entgehen. Die Bestattungsinstitute arbeiten schon daran, die Asche der Verstorbenen auf den Mond zu schießen (wenn es der Verblichene nicht vorzieht, als Diamant aus eigener Asche am Hals seiner Erben zu funkeln. Auch wenn es nicht im Prospekt stehen wird, ein Quäntchen Ewigkeit wäre dabei eingeschlossen).

Flüchtiger Duft

M an muss zugeben, der Ruhm ist auch nicht mehr das, was er einmal war. Ihn zu erlangen war in früheren Zeiten das höchste aller erreichbaren Ziele. Lange war er nur Regierenden zuteil, bis sich deren Fußvolk meldete und auch verdienten Bürgern diesen Glanz zuerkannt wissen wollte. Eines ist klar: Ohne eine herausragende Leistung lief gar nichts. Die römischen Feldherren mussten wenigstens fünftausend getötete Feinde nachweisen, bevor man ihnen einen triumphalen Einzug ins Forum Romanum erlaubte. Das versprach Ruhm, auch wenn dem Triumphator ein Mahner voranschritt, der dem Gefeierten von Zeit zu Zeit zurufen musste: »Bedenke, dass du sterblich bist.« Man wollte offensichtlich schon damals nicht, dass die Bäume in den Himmel wachsen.

Im Hintergrund stand dabei immer der Wunsch, später seiner Taten wegen von den Göttern aufgenommen zu werden, um an ihrer Seite den weiteren Verlauf der Weltgeschichte zu beobachten. Damit hätte man die eigene Endlichkeit geschickt außer Kraft gesetzt. Ein unglaublicher Ansporn für unglaubliche Taten, wie sie unter anderem Hannibal mit seiner Alpenüberquerung vollbrachte. Natürlich waren es vor allem kriegerische Leistungen, für die man Ruhm kassieren konnte. Große Baumeister, etwa die der sieben Weltwunder, blieben weitgehend anonym. Lorbeer bekamen eine Hand voll Geistesgrößen wie Aristoteles, Plato und Sokrates, die aber heute gerade noch als Übersetzungsvorlagen in Schulbüchern taugen. Bildhauer und Maler haben sich da etwas bessere Plätze gesichert, weil ihre Werke auf Kunstauktionen immer noch hoch gehandelt werden. Ein wenig abgemildert gilt das auch für die Musik, deren Spitzenkräfte durch neue Techniken eine fast unbegrenzte Vervielfältigung erfahren dürfen.

Der enorme Bedarf der Medien an Ruhm-Bekleckertem, dem nur eine ganz geringe Menge von frischen Neueingängen gegenübersteht, hat dazu geführt, dass man in immer tieferen Schubladen danach suchen muss. Der Sport ist dabei noch am ergiebigsten. Aber Strahlkraft haben nur die populären Disziplinen wie Fußball, Boxen, Tennis und die Formel 1 des Rennsports. Die Zeiten eines Boris Becker und einer Steffi Graf sind vorbei. Auch Weltmeister Michael Schumacher kann schon das Ende seiner Pole-Position sehen. Damit rücken die Fernsehgrößen ins Rampenlicht. Und wenn es keine Größen sind, sondern zweite und dritte Wahl, werden sie flugs zu »Stars« ernannt, obwohl ihnen jeder himmlische Glanz fehlt. Ja es genügt sogar, die abgelegte Ehefrau einer dieser Hervorgehobenen zu sein, um mit dem Etikett »Luder« ein Stück Ruhm-Kuchen zu ergattern.

Freilich ist das Ruhm für den Tagesbedarf. Er reicht nur über ein paar Jahre, in Glücksfällen. Weit entfernt von einer Belohnung für Weisheit, Tapferkeit und Menschlichkeit. Dieser Niedergang ist natürlich auch darauf zurückzuführen, dass der Lorbeer nicht mehr von den Göttern kommt. Eine Weile konnten die Staatsoberhäupter noch so tun, als handelten sie in höherem Auftrag, doch sie konnten nicht verhindern, dass ihre Orden, Titel und weitere Auszeichnungen nur noch recht lustlos zugeteilt und angenommen wurden.

Der Ruhm hat ausgedient. Zumindest als Einstieg in die Unsterblichkeit. Wir können ihn hier nicht mehr gebrauchen. Vielleicht findet sich eine Zeit, die ihm seine Schlüsselrolle wieder zurückgibt. Aber solange können wir nicht warten.

Der Sensenmann vor Gericht

Der erste, der es wagte, sich mit dem Tod auf eine juristische Auseinandersetzung einzulassen, war ein studierter Mann mit Namen Johannes, aufgewachsen in dem kleinen böhmischen Ort Tepl. Da er nebenan in Saaz als Notar und Stadtschreiber amtierte, finden wir seinen Namen mal mit dem einen, mal mit dem anderen Ort verbunden. Johannes hatte irgendwann im 15. Jahrhundert seine über alles geliebte Frau verloren und forderte vom Tod dafür Rechenschaft. Er selbst berichtet uns von diesem Streitgespräch unter dem Titel »Der Ackermann aus Böhmen (das ist er selbst) und der Tod«. Ein Schmuckstück spätmittelalterlicher Literatur.

Von Berufs wegen war der Notar mit dieser Form der Rechtsfindung wohl vertraut. (Auch Luther musste sich bekanntlich wegen seiner abweichlerischen Thesen einem ähnlichen Forum stellen.) Zuerst war es undenkbar, dass sich der Sensenmann auf eine solche Konfrontation einließe. Aber er kam und hatte erst einmal den Fluch seines Gegners auszuhalten, der ihn einen schädlichen Vernichter aller Welt und schrecklichen Mörder der Menschen nannte. Durchaus übliche Attacken bei solchen Anlässen. Dem ließ Johannes eine Beschreibung seiner Margaretha folgen, mit der ihm die schönste Sommerblume aus dem Anger seines Herzens gerissen worden sei.

Der Tod zog sich kühl auf seinen von Gott nach dem Sündenfall gegebenen Auftrag zurück. Im Übrigen habe er Margaretha durch ihren frühen Abgang viele schmerzhafte Altersleiden erspart. Der Ackermann, sprich Johannes, gab nicht auf. Wo Gottes Gerechtigkeit bliebe, solch einen Engel wie Margaretha abzuberufen, wo die Welt voll Teufel wäre. Der Tod hatte für Differenzierungen allerdings nicht viel übrig. Alexander der Große, die schöne Helena und der Weise Salomon hätten kein solches Gedöns um die Sache gemacht wie hier, meinte er. Alle seien ihm willig gefolgt.

Schließlich baten die beiden Kombattanten Gott selbst, zu schlichten. Und der zeigte sich hochsalomonisch. Der Ackermann verkenne die Situation: seine Frau sei nicht sein Eigentum. Sie wäre ihm vom Himmel nur leihweise überlassen.

Aber auch vom Tod verlange er mehr als nur einen rücksichtslosen Sensenschlag, denn auch er arbeite mit einem Mandat auf Zeit. Dessen ungeachtet müsse es dem Menschen erlaubt sein, gegen offensichtliche Ungerechtigkeiten aufzubegehren.

Und genau dies soll hier versucht werden.

Der Vater der Freibäder

D r. Christoph Hufeland (1762-1836), der Hausarzt von Goethe und Schiller, hat uns mit seiner »Makrobiothik« ein Werk hinterlassen, das sich voll der »Kunst, das Leben zu verlängern« angenommen hat. Was dem Professor bei Goethe (83) ganz ordentlich gelang, konnte er für sich selbst gerade noch hinbiegen (74), wogegen ihm Schiller (46) ziemlich aus dem Ruder lief. Möglicherweise lag es wirklich daran, dass der Dichter der »Räuber« nur einmal verheiratet war, während Goethe auf eine ganze Schar attraktiver Frauen verweisen konnte. Hufeland war fest davon überzeugt, dass Heiraten (und dies besser mehrfach) ein langes Leben garantiere, denn unter den Junggesellen hatte er keinen einzigen Lebenslang-Läufer entdeckt.

Wenn man Hufelands Anregungen das Mäntelchen des 18. Jahrhunderts auszieht, kommen Ratschläge heraus, die von heute sein könnten. Vier Empfehlungen stehen zu Beginn:

1. Vermehre deine Lebenskraft: Damit meint Hufeland eine naturbezogene Lebensweise. Nicht ohne Erfolg setzte er sich für das öffentliche Baden in der Ostsee ein, das allerdings noch lange von puritanischer Schicklichkeit abgebremst wurde. Es dauerte, bis man Männern und Frauen das gemeinsame Schwimmen gestattete. (So sorglos, wie es Meister Simmel auf der Zeichnung nebenan darstellt).

2. Härte deinen Körper und deine Organe ab. Hier wird das angezielt, was wir heute mit Sport zu erreichen versuchen.

(In seiner »Makrobiothik« gibt Christoph Wilhelm Hufeland neben den »Verlängerungsmitteln des Lebens«, noch die Empfehlung mit, schon vom Säuglingsalter an auf eine gesunde Lebensweise zu achten. Besonderen Wert legt er auf einen geregelten Tagesablauf, den er mit früherem Aufstehen zu beginnen empfiehlt. Neben ausreichender körperlicher Bewegung an der frischen Luft rät er zu Sauberkeit und zweckmäßiger Kleidung als entscheidende Voraussetzungen der Gesunderhaltung. »Die Reinlichkeit entfernt alles, was unsere Natur als unnütz und verdorben von sich abgesondert hat wie alles der Art, was von außen unserer Oberfläche mitgeteilt werden könnte. – Wir müssen nämlich unsere Haut nicht blos als einen gleichgültigen Mantel gegen Regen und Sonnenschein betrachten, sondern als eines der wichtigsten Organe unseres Körpers, ohne dessen unaufhörliche Tätigkeit weder Gesundheit noch langes Leben bestehen kann und dessen Vernachlässigung eine Quelle unzähliger Krankheiten und Lebensabkürzungen geworden ist.«)

3. Halte dich vor jedem Übermaß fern. Das gilt vor allem für Dinge, die durch Lustgewinn zur Übertreibung verlocken. »Fürchterlich ist das Übergewicht, das die Mortalität derselben in den Todeslisten hat.«
Hufeland meint aber nicht nur das »Große Fressen«. Er schließt darin alle Leidenschaften ein.

4. Verschaffe deinem Körper genügend Ruhezeiten, in denen er neue Kräfte sammeln kann. An erster Stelle sieht Hufeland dabei den Schlaf: »Nach ihm sind wir im eigentlichen Verstand

des Wortes verjüngt. Wir sind früh größer als abends. Wir haben früh mehr Weichheit, Biegsamkeit, natürliche Reizbarkeit, Kräfte und Säfte, mehr den Charakter der Jugend. Sowie hingegen abends mehr Trockenheit, mehr Sprödigkeit, Erschöpfung, also den Charakter des Alters.«

Ja, unser Doktor aus Weimar entwarf sogar einen detaillierten Steckbrief für den Idealtyp, der ihm für eine Lebensverlängerung besonders geeignet erscheint. »Er hat eine proportionierte und gehörige Statur, ohne jedoch zu lang zu sein. Eher ist er von einer mittelmäßigen Größe und etwas untersetzt. Seine Gesichtsfarbe ist nicht zu rot; wenigstens zeigt die gar zu große Röte in der Jugend selten langes Leben an. Seine Haare nähern sich mehr dem Blonden als dem Schwarzen. Die Haut ist fest, aber nicht rau. Er hat keinen zu großen Kopf, mehr gewölbte als flügelförmig hervorstehende Schultern, keinen zu langen Hals, keinen hervorstehenden Bauch, große, aber nicht tief gefurchte Hände, einen mehr breiten als langen Fuß, fast runde Waden und das Vermögen, den Atem ohne Beschwerde an sich zu halten. Seine Sinne sind gut, aber nicht zu empfindlich, der Puls langsam und gleichförmig. Sein Magen ist vortrefflich, der Appetit gut, die Verdauung leicht. Die Freuden der Tafel sind ihm wichtig, stimmen sein Gemüt zur Heiterkeit, seine Seele genießt mit. Er isst langsam und hat nicht zu viel Durst. Im übrigen ist er heiter, gesprächig, teilnehmend, offen für Freude, Liebe, Hoffnung; aber verschlossen für die Gefühle des Hasses, Zorns und Neides. Seine Leidenschaften werden nie heftig und verzehrend. Er liebt dabei Beschäftigung, angenehme Spekulationen – ist Optimist, ein Freund der Natur, der häuslichen Geselligkeit, entfernt von Ehr- und Geldgeiz und aller Sorgen für den anderen Tag.«

Da schaut an vielen Stellen Jean-Jacques Rousseau (1712-1778) über die Schulter, der ein paar Jahre zuvor seine französischen Landsleute mit dem Schrei »Retour à la nature« aufgerüttelt, aber auch amüsiert hatte. Ein Vergnügen, an dem man auch in Deutschland teilnahm, indem man seine Botschaft frei mit »Auf die Bäume Ihr Affen« übersetzte. Dabei war bei Rousseau wie bei Hufeland gerade mal wieder die Zeit gekommen, wo die Menschheit von ihrem aufklärenden Verstand genug hatte und sich mehr Verlässlichkeit bei den eigenen Gefühlen erhoffte. Solche Pendelschläge der Orientierung gehören zur weltgeschichtlichen Tagesordnung. Man müsste sie nicht fürchten, wäre nicht stets ein Ausschließlichkeitsanspruch mit ihnen verbunden, der Andersdenkende verteufelt.

Aber stellen wir uns vor, die gewiss aufs Gemeinwohl bedachten Erfinder solcher Lebensregeln könnten, nein müssten die Wirksamkeit ihrer Voraussagen am Ende noch selbst überprüfen. (Im Gegensatz zu den Religionsversprechungen sind diese in der Regel so ausgelegt, dass sie innerhalb

eines Menschenlebens noch erreichbar scheinen, schon um damit möglichst viele Anhänger zu rekrutieren.) Gewiss säße dann Karl Marx noch immer im Britischen Museum, verzweifelt auf den von ihm versprochenen Untergang des Kapitalismus wartend. Welche Zerstörungen ihr Feminismus auf der Männerseite angerichtet hat, würde eine überlebenslange Alice Schwarzer gewiss zu Tränen rühren. Die Verfechter der antiautoritären Erziehung könnten erleben, dass sich dank ihrer Reformen inzwischen die Schüler nicht mehr vor ihren Lehrern fürchten müssen, dafür aber die Lehrer vor den Schülern. Selbst Freund Hufeland würde nachdenklich werden, könnte er die Sonnenbrände sehen, die man sich an den von ihm favorisierten Badestränden holen kann. Hautkrebs eingeschlossen.

Der Computerismus ist zwar noch nicht erfunden, aber dessen Schleifspuren werden natürlich irgendwann auch einmal mit Besorgnis registriert werden. »Ismen« haben einen schlechten Ruf. Sicher zu Recht, weil aus einem Denkschema mit Scheuklappen nur selten Gutes erwächst. Da sie aber gekonnt vor allem die Gefühle ansprechen, werden sich immer wieder Anbeter finden, die ihren süffigen Parolen nachlaufen.

Lebenserwartungen, dreistellig

Auf alten Grabsteinen lässt sich ablesen, wie kurz das Leben der Menschen noch vor ein paar hundert Jahren war. Mit 40 galt man schon als betagt und mit 50 war in der Regel Schluss. Wer das erzählt, wird gern damit konfrontiert, dass Eiffel samt seines Turmes, Radetzky samt seines Marsches und Rockefeller samt seiner Milliarden weit über 90 wurden. Und meist wird noch Tizian obendrauf gesetzt, weil er noch mit 99 an seiner Pietá pinselte.

Allerdings sind das immer noch Peanuts gegen die Zahlen, die uns die Heilige Schrift überliefert. Danach erreichte Adam das stolze Alter von 930 Jahren. Es sieht ganz so aus, als hätte Gott selbst gezögert, das von ihm geschaffene Werk nach der Vertreibung aus dem Paradies umgehend dem Verfall preiszugeben. Mag sein, dass die Dornen und Disteln auf dem Feld, das Gott seinen Exilanten zugewiesen hatte und der Schweiß im Angesicht, mit dem sie ihr Brot essen sollten, schuld daran waren, dass sich das Durchschnittsalter der Nachkommenden ständig absenkte. Aber immerhin konnte der sprichwörtliche Methusalem (übrigens der Großvater des Archenkapitäns Noah) mit sage und schreibe 969 Jahren einen Weltrekord aufstellen, der bis heute noch nicht gebrochen werden konnte. Dies ist umso erstaunlicher, weil dessen Vater Henoch schon mit 365 die Latte riss. Allerdings lag der im Trend. Urvater Abraham musste sich weit danach schon mit 175 Jahren bescheiden.

Übrigens hat es nicht an Versuchen gefehlt, an diesen imponierenden Alters-Zahlen zu rütteln. Manche Exegese-Forscher gehen davon aus, dass man schlichtweg Monate mit Jahren verwechselt hatte. Da aber in der Bibel jeweils auch das Zeugungsjahr des erstgeborenen Sohnes angegeben ist, hätten wir es, entsprechend umgerechnet, mit einer Kinderschändung größten Ausmaßes zu tun. Gott hat im Übrigen das Höchstalter nach der Sintflut auf 120 Jahre festgeschrieben und damit bis heute alle weiteren Spekulationen unterbunden.

Der Abwärtstrend hielt noch das ganze Mittelalter über an. Hundertjährige (und darüber) galten bereits als Sensation, von denen man durch Hörensagen und aus Flugschriften gar nicht genug erzählt bekommen konnte. Und den Überlebenskünstlern traute man offensichtlich alles zu. Als sich ein Unbekannter 1751 in Nancy seiner Freundschaft mit dem römischen Geschichtsschreiber Livius rühmte, der bereits im Jahr 17 n. Chr. verstorben war, kam nicht sofort Misstrauen auf, weil der alte Herr gegen ein paar Louisdor Unglaubliches von Kaiser Augustus zu erzählen wusste. Er verschwand eines Tages, nicht ohne seinem Gastwirt eine unbezahlte Rechnung und in seinem Zimmer die Inschrift »mundus vult decipi« (»Die Welt will betrogen sein«) zu hinterlassen. Ganz anders ein junger Mann vom Niederrhein, den seine Heimatstadt wegen eines Verbrechens für 90 Jahre ins Exil schickte, mit der sicheren Gewissheit, ihn somit nie mehr wieder zu sehen. Doch zur allgemeinen Verblüffung meldete er sich im Alter von 110 Jahren wieder zurück. Dem Magistrat blieb nichts anderes übrig, als ihn aufzunehmen und ihn bis zu seinem Tod mit 115 Jahren durchzufüttern.

In unseren Tagen sind die alten Alten nicht mehr so selten. Noch nie gab und gibt es so viele von ihnen: Ernst Jünger (der »Stahlgewitter« Autor), Leni Riefenstahl (die besessene Filmemacherin), die Schauspielerin Rosa Albach-Retty (Romy Schneiders Oma) und Johannes Heesters (»Heut geh ich ins Maxim«). Man könnte daraus folgern, dass das Schaugeschäft ein besonderes Lebenselixier bereithält. Aber das täuscht. Es ist eben so, dass wir über die Menschen an der Rampe ständig auf dem Laufenden gehalten werden, während Normalsterbliche höchstens regional beachtet werden. Dort allerdings gibt es keine Heimatzeitung, die nicht ihren Mega-Alten gratuliert, oft mit dem Zusatz: »Das Geburtstagskind liest unser Blatt noch ohne Brille.«
Japan rühmt sich, die meisten Greise und Greisinnen bei sich zu haben. Als aktuelle Zahl werden 25.000 Inselbewohner mit dreistelligen Lebensjahren angegeben. Wer in Deutschland nachfragt erfährt, dass das Statistische Bundesamt die Bürger nur bis 95 im Detail erfasst. Wer älter ist, kommt auf den großen Haufen. Schuld daran ist der Computer, dem das menschliche Ende mit 99 Jahren

eingegeben wurde und für den die Zählung danach wieder bei eins beginnt. Deshalb ist die Verwunderung eines 101-Jährigen völlig unangebracht, dessen Erziehungsberechtigte aufgefordert wurden, ihn beim Amtsarzt gegen Pocken erstimpfen zu lassen.

Der Bundespräsident in Berlin macht sich die Mühe, jedem Bürger über hundert zu seinem Geburtstag eine Gratulation zu schicken. Dafür liegen ihm (gegenwärtig) 4.454 Adressen vor. Gewiss eine Zahl mit hoher Fluktuation, die von Fachleuten verdoppelt wird, denn eine ständige Erfassung der Alten ist arbeitstechnisch gar nicht möglich. Fest steht jedoch, dass sich in den letzten 160 Jahren das Durchschnittsalter der Deutschen jährlich um drei Monate verlängert hat. Das bedeutet, bei gleich bleibender Entwicklung können Mitte dieses Jahrtausend erstmals 200-Jährige persönliche Glückwünsche aus Berlin erwarten. Es muss dem Präsidialamt überlassen werden, ob man dann nicht erst ab 130 zu gratulieren beginnt.

Wie es in der ersten deutschen Anti-Aging-Klinik zugeht, konnte man vor einiger Zeit in der »Neuen Zürcher Zeitung« unter der Überschrift »Ich will 140 Jahre alt werden« nachlesen. Das schöne Schloss-Sanatorium mitten im Berchtesgadener Land, selbstverständlich mit Seeblick, verdankt seine Existenz dem Wiener Univ. Prof. Dr. Dr. Johannes Huber, der als Mediziner und Theologe mit Ewigkeitsfragen wohl vertraut ist. Er schwört auf die lebensverlängernde Kraft des Kalorienverzichts. Deshalb gibt es bereits um 16 Uhr die letzte Tagesmahlzeit, die man in Prospekten als besonders wohlschmeckend anpreist. Der der Sache näher kommende Ausdruck »Schmalhans Küche« kommt vornehm englisch verpackt als »Dinner-Canceling« auf den Tisch.

Um die inneren Systeme zu schonen, wird nachts die Körpertemperatur unter die gewohnten 37 Grad gesenkt, ohne dass jemand dies als »Body-Canceling« bezeichnet. Tagsüber geschieht allerlei Abwehrendes und Aufbauendes für die Körperzellen, ergänzt durch individuell gemixte Hormon-Cocktails, bis um 17 Uhr erneut das Fasten eingeläutet wird. Nach zwei Wochen zu knapp € 3000,- endet die Kur und es ist nicht abzustreiten, dass sich die Patienten danach wie Huskys vor einem Schlitten fühlen. In erster Linie kommt das natürlich von der stattlichen Gewichtsreduzierung, die man sich in der Kur erarbeitet hat. Wieweit das zu den erwünschten 140 Lebensjahren reicht, kann wohl erst die nächste Generation überprüfen.

Eines wird deutlich: Die Todesgrenze wankt. Der bekannteste älteste Mensch, die Amerikanerin Sarah Knaus, starb vor einigen Jahren mit 119. »Die einzige Falte, die ich habe,«, soll sie gesagt haben, »auf der sitze ich.«

Man kann jetzt geduldig abwarten, bis die Todesgrenze ganz fällt, oder ihr durch geeignete Maßnahmen umgehend den Todesstoß geben.

»Ja, also Sie sind der älteste Einwohner des Landes?«
»Ja, aber im Vertrauen, meine Frau ist noch etwas älter.
Aber ich darf's nicht sagen.«

Die Altersfalle

Ein stattlicher Zweig des Verlagswesens sind Bücher über Krankheiten. Bei alten Leuten haben sie längst die Bibel vom Nachttisch verdrängt. Wer möchte nicht schon in aller Frühe wissen, was er heute hat? Direkt einladend ist in den schlauen Wälzern aufgelistet, was es denn diesmal sein darf. Da die meisten Symptome auf viele Beschwernisse passen, steht jedermann eine reiche Auswahl zur Verfügung. Diagnose-Profis sind daran zu erkennen, dass sie mindestens die Hälfte der alphabethisch aufgelisteten Krankheiten bei sich festgestellt haben. Natürlich nur die geschlechtsspezifischen. Von Prostataleiden bei Frauen und von Klimakteriums-Beschwerden bei Männern hört man doch höchst selten.

Schon von frühester Jugend an, wurden wir dazu abgerichtet, Gefahren zu vermeiden. »Wenn du über die Straße gehst, schau erst nach links und dann nach rechts.« »Geh nie mit fremden Menschen, auch wenn sie dir Gummibärchen versprechen.« »Sei vorsichtig und rase nicht so.« »Pass auf, dass du kein Kind bekommst.« Wer hätte nicht viele von diesen Ermahnungen im Ohr. Also lernt man im Lauf der Zeit das Unterlassen, das Ausweichen, das Vermeiden. Mit diesen Trainingsvorschriften begegnet man dem Alter und versucht ihm folgerichtig aus dem Weg zu gehen. Am Anfang gelingt das noch einigermaßen. Der Laufschritt wird aus dem Bewegungsrepertoire gestrichen. Man kriecht nicht mehr auf dem Boden herum, um Verlorenes zu suchen. Das überlässt man Jüngeren. Fahrstuhllose Aussichtstürme besichtigt man nur noch von unten. Auf schmackhafte Köstlichkeiten wird verzichtet, wenn ihnen Bauchgrimmen und Sodbrennen folgen. Hier setzt sich rasch kluge Flexibilität durch.

Es muss deutlich gesagt werden: Alterserscheinungen sind keine Krankheiten. Der Unterschied ist himmelweit. In den späten Lebensjahren werden entgegen der allgemeinen Auffassung Lehrbuch-Krankheiten eher seltener. Was zunimmt, sind die Wehwehchen, die allerdings mit einer aufs Ende ausgerichteten Fantasie wie Krankheiten aussehen können. Da man mit dieser Form der Schmerzerzeugung überhaupt nicht vertraut ist, deutet man sie als eine Art wild gewordenen Muskelkater, von dem man gelernt hat, dass er nach ein paar Tagen verschwindet. Aber so leicht macht einem das Alter die Sache nicht. Mag sein, dass mit der Zeit das eine oder andere Übel abhanden kommt, dafür aber entstehen, ungeregelt wie aufsteigende Sumpfblasen, immer neue Schmerzfelder, denen das geflügelte Wort »Wenn Sie morgens aufwachen und es tut Ihnen nichts mehr weh, dann sind Sie tot« seine Verbreitung verdankt. Sie lernen rasch, sich mit Stilllegen der betroffenen Körperteile Luft zu verschaffen.

Da meldet sich in der Erinnerung der Slogan: »Lesen Sie den Beipackzettel und fragen Sie Ihren Arzt oder Apotheker.« Danach scheint es also tatsächlich noch einiges zu geben, was die »Packungsbeilage« verschweigt, obwohl die mit ihrer gewissenhaften Aufzählung aller Nebenwirkungen auch den gestähltesten Patienten ins Wanken bringen kann. Also warum nicht gleich zum Arzt? Die heimelig mit Lesezirkelheften und Patienten angefüllten Wartezimmer lassen hoffen, dass hinter einer der von dort abgehenden Türen ein Wundermann approbiert, denn so viele Wartende können sich nicht irren.

Zum Glück haben die Krankenkassen den Ärzten einen Teil ihrer Autorität wieder zurückgegeben, die bei der Säkularisierung der »Götter in Weiß« verloren gegangen war. Jetzt sind sie eine Prüfinstanz für so wichtige Dinge wie Billroth-Batist-Lätzchen, Krampfaderbinden, Strickleitern, Fingerlinge und Glasstäbchen. Ohne ihr honorarpflichtiges okay läuft gar nichts mehr. Damit sind wir bei unserem Gesundheitswesen angekommen, das nicht nur in Deutschland höchst unglücklich vor sich hin stolpert.

Unser gesellschaftliches System beruht auf einem Geben und Nehmen. Anfangs fand dieser Austausch in Naturalien statt, bis man das holprige Verfahren durch die Erfindung des Geldes geschmeidig machte. Von da an hatte jede Ware und jede Dienstleistung einen Preis, ermittelt durch Angebot und Nachfrage. Selbst der Kommunismus, der davon träumte, allen seinen Bürgern ihre Grundbedürfnisse kostenlos zu überlassen, trat unauffällig von dieser edlen Absicht zurück. Dafür eröffneten die zu jeder Gefälligkeit bereiten Demokratien in sozialen Bereichen ihren Wählern wahre Schlaraffenländer: Krankheiten, Arbeitslosigkeit und Altersfürsorge wurden kurzerhand verstaatlicht. Was ganz nach mütterlicher Selbstlosigkeit aussah, wurde den Betroffenen auf der anderen Seite in Form von Steuern und Sozialausgaben zuerst einmal abgenommen. Das funktionierte solange, wie die Wirtschaft florierte. Dass dieses Spiel jetzt zu Ende ist, wird langsam auch dem Letzten klar. Der allgemeine Wohlstand hat seinen Scheitelpunkt überschritten.

Nach einer alten Bauernregel ist das »was nichts kostet, auch nichts wert«. In dem Versuch, die ärztliche Kunst nicht zu einer Ware zu machen, ist sie erst recht eine Ware geworden, mit dem Nachgeschmack des Billigen. Mit seinem »Anspruch« bewaffnet, besteht der Patient jetzt auf einer medizinischen Rundum-Versorgung. Dies mit Nachdruck, denn seine Bedrohung wächst. Atome, Gammelfleisch, Vogelgrippe, genveränderte Pflanzen, Feinstaub und heimtückisches Cholesterin sind hinter ihm her. Die Angst vor der Krankheit hat die Krankheit selbst an Schrecken überflügelt, was uns nicht hindert, die rund einhundert chemischen Elemente einzeln oder im Verbund

wie Konfekt zu naschen. Wehe dem Arzt, der ein probates Hausmittel zum Null-Tarif anrät. Oder gar Verzicht predigt, wie bei Alkohol oder Zigaretten. Er gerät in den Geruch ein Dilettant zu sein.

Kein Zweifel, die Erforschung des Menscheninneren hat eine Qualität erlangt, die der Weltraumforschung ebenbürtig ist. Herzverpflanzungen brauchen sich keinesfalls hinter Mondlandungen zu verstecken. Wenn der zum Pluto ausgeschickte Satellit uns nach Jahren Genaueres über den kleinsten Sonnenplaneten meldet, können wir sicher mit Transplantationen von Gehirnteilen weitere Krankheiten besiegen. Aber noch ist die Liste unserer Hilflosigkeiten lang, angefangen beim Schnupfen.

Meist sind wir von der Wirkung der uns verschriebenen Rezepte enttäuscht. Auf der Suche nach Heilmöglichkeiten anderer Art kommen die »Schweineseiten« wie gerufen, die allerdings langsam vom Internet verdrängt werden. Diese Kleinanzeigen, meist in der Regenbogenpresse, preisen ständig Mittel gegen Bresthaftigkeiten an. Rheuma wird mit Kastanienextrakt bombardiert, Rückenschmerz soll durch andere Natur-Heilmittel in die Flucht geschlagen werden. Dazu bedient man sich des Kleinen Latinums, das mit Wortsplittern wie »bio«, »vita«, »care«, »antidolor« oder »sana« um Vertrauen schnurrt.

Unser Körper muss im Alter das Kunststück fertigbringen, zwei völlig gegensätzliche Anweisungen zu befolgen. Auf der einen Seite sind die von den Genen verordneten Befehle zum Abbau, denn nach Auffassung der Natur hat man nach einer bestimmten Laufzeit seinen Zweck mehr oder weniger erfüllt. Auf der anderen Seite versucht sich der schon am ersten Lebenstag aktive Selbsterhaltungstrieb zu behaupten, der uns immer wieder die Kraft gibt, Extremsituationen zu meistern.

Diesen Widerspruch löst die Natur auf sehr elegante Weise. Sie legt die Teile still, die wir nicht mehr benutzen. Da sie unsere Absichten nicht kennt, kann sie nur statistisch vorgehen. Der tägliche Gebrauch hat Vorrang, was monatlich vorkommt, wird geduldet und was nur einmal im Jahr Sinn macht, wird zum Abbruch freigegeben. Das bringt bisweilen die Körperbalance aus dem Gleichgewicht, was Schmerzen auslöst. Dies mit Ruhigstellen zu beantworten, wäre jedoch genau der falsche Weg, denn damit kommt der Körperteil sofort auf die Abbauliste. Das heißt, dass es nur einen Weg für die Gene gibt, ihr Programm nicht durchzuführen, wenn wir keinen unserer vielen Muskeln unbeschäftigt lassen. Die Rezepte dafür folgen später.

Sterben ist kein Naturgesetz

Zwischen Leben und Sterben liegt die allen Menschen unheimliche Todesstunde. Von vielen mit Furcht erwartet, von manchen stoisch hingenommen, aber von Leidenden auch erlösend begrüßt. Der entscheidende Punkt ist der, an dem die Todes-Gene den Lebenswillen überwältigen. Spürbar daran, dass man sich von einer müden Resignation erfasst fühlt. Wer sich der hingibt, ist auf dem Weg zur Selbstaufgabe. Von da an gibt es keine Rückkehr mehr. Da wir zu wissen glauben, dass der Tod unvermeidbar ist, ist er auch unvermeidbar. Dabei stehen unsere Chancen gar nicht so schlecht, durch Überwinden dieses Punktes das Weiterleben zu erreichen.

Die Menschheitsgeschichte ist voll Verheißungen in dieser Richtung. Manche hofften auf den Stein der Weisen, dem die Fähigkeit zugeschrieben wurde, unedle Metalle in edle zu verwandeln. Eine solche Wunderkraft müsste doch auch bei der Unsterblichkeit funktionieren. Der Spanier Ponce de Leon, (angeblich) mit Columbus in Amerika, verbreitete die Geschichte eines dort entdeckten Jungbrunnens, die von seinem Publikum mit staunender Begierde aufgenommen wurde, obwohl er seinen Fund nur ungenau beschreiben konnte.

Wer die Heilige Schrift richtig gelesen hat, weiß, dass Adam und Eva (die Partnerin mit der vom Mann geklauten Rippe) auf unendliche Laufzeit angelegt waren, die Gott verärgert verkürzte, weil die Herrschaften gegen seine ausdrückliche Anweisung vom Baum der Erkenntnis genascht hatten. Da nirgends zu finden ist, dass daraufhin etwas an deren Konstruktion geändert wurde, müsste es eigentlich genügen, Gottes Zorn zu dämpfen, um seine angebliche Lieblingsschöpfung, den Menschen, auf Dauer zu erhalten oder ihr wenigstens ein wesentlich späteres Verfallsdatum zu verordnen. Einzusehen ist jedenfalls nicht, dass Schildkröten (warum gerade Schildkröten?) fünfmal länger leben als Menschen, die auch noch von Papageien und Elefanten spielend überholt werden. Die Affen bleiben dahinter weit zurück, aber der Affenbrotbaum mit seinen 5 000 Jahren benimmt sich dagegen geradezu unanständig.

Auch wer eine Antwort der Wissenschaft haben will, ob es ein Ewiges Leben gibt, bleibt nicht unbeschieden. Nur wird die Beweisführung dadurch stark beeinträchtigt, dass so recht niemand kontrollieren kann, ob ein womit auch immer präpariertes Lebewesen nach einer Million Jahre reanimiert werden kann. Deshalb war man beglückt, dass sich vor Jahren aus dem Eis Sibiriens ein Mammut schälte, in dessen Magen sich keimfähige Bakteriensporen fanden.

Das war immerhin ein Sprung von 10 000 Jahren in die Vergangenheit. (Menschen gibt es bekanntlich schon viel länger.) Ein Klacks gegen das, was man in einem rund 150 Millionen Jahre alten Steinsalzlager fand: Mikroorganismen, bereit ihr aktives Leben wieder aufzunehmen, wenn man sie nur ließe. Mit diesem Rekord blieben sie nicht lange allein. In anderen Salzablagerungen der Erdrinde fanden sich erstaunlich quicke Mikroben, obwohl sie bereits 600 Millionen Jahre auf dem Buckel hatten. Aber nicht nur im Salz, dessen konservierende Wirkung wir vom Sauerkraut kennen, auch bei Temperaturen von minus 79 Grad und tiefer lässt es sich offenbar noch trefflich aushalten.

Alles dies drängt den Schluss auf, dass organisches Leben keineswegs endlich ist. Genauer: Was lebt, muss nicht unter allen Umständen sterben. Und noch deutlicher: Der Tod ist kein Naturgesetz. Das Sterben hat sich erst im Laufe der Lebensentwicklung auf der Erde eingeschlichen.

Begünstigt durch die immer raffiniertere Ausgestaltung der Individuen, an deren Entwicklungsende der Mensch steht. (Auch wenn er sich, wie Simmel in seiner Gegenüberstellung nachweist, nicht wesentlich von seinen Vorfahren unterscheidet).

Kluge Leute gehen davon aus, dass Leben auf niederer Stufe nach dem Ausfall der Sonne sogar die Vollvereisung der Erde und die Verflüssigung der Lufthülle überstehen könnte. Da bis dahin noch einige Jahre ins Land gehen, könnte am Ende auch der Mensch mit dabei sein.

Den Tod als ein Faktum anzuerkennen, ist deshalb ein Fehler, der seit Jahrtausenden ständig weitergetragen wird. Das Prinzip der Selffulfilling Prophecy unterminiert unseren Selbsterhaltungstrieb und überlässt den gegengerichteten Innenkräften Stück um Stück unseres Körpers zur Vernichtung.

Damit müssen wir Schluss machen.

Aus dem Gesellschaftsleben

Ideen fallen nicht vom Himmel. Sie sind erst einmal nur Tropfen, bereit, sich zu einem größeren Gewässer zu vereinen. Dazu brauchen sie Zeit. Das scheint das einzige zu sein, was wir nicht mehr haben. Journalistische Ungeduld drängt ständig auf Resultate. Nach einem Erdbeben müssen die Zahlen der Opfer noch am gleichen Tag vorliegen. Einem Eisenbahnunglück wird keine langwierige Untersuchung gestattet. Die dabei Verantwortlichen werden umgehend zu Schuldigen ernannt. Ein neues Heilmittel: Warum ist es noch nicht auf dem Markt? Wird es aus Profitgier zurückgehalten?

In einem solchen Klima kann Neues nur im Verborgenen wachsen. So bleibt es verschont von einem heiß genähten Widerspruch, der jedes Weiterdenken lähmt. Schon aus diesem Grund muss sich die »Deutsche Gesellschaft für Transhumanismus« ganz leise bewegen. Es ist schon kühn, dass sie sich im Internet outet. Dort ist man sich sicher, dass Wissenschaft und Technik jetzt stark genug sind, um nachweisbare Erkenntnisse zur Frage eines ewigen Lebens zu liefern. Die allein auf dem Glauben beruhenden Religionen ziehen sich mit ihrer Unsterblichkeit der Seelen bereits in ihre geistigen Winkel zurück.

Die Transhumanisten sehen in einer ersten Phase, die sie die »Therapeutische« nennen, einen Anstieg der Lebenserwartung auf 100 bis 120 Jahre. Bewirkt durch die Gentechnik und weiteren Erkenntnissen aus biochemischen Prozessen. Dem sollte die »Präventiv-Phase« mit einem Ausbau der Erdenzeit auf 150 Jahre folgen, durch eine schon bei der Zeugung angelegte Steuerung mit dem Ziel, den Altersabbau und Krankheiten gleich gar nicht erst aufkommen zu lassen. In der »Designer-Phase« schließlich wird ein Anstieg der Sterbegrenze auf 500 Jahre erwartet. Die Zufälligkeit der genetischen Partnerschaft wird dabei mit Hilfe der Atome bewegenden Nanotechnologie durch eine geplante Steuerung abgelöst. Obwohl wir hier schon an unserer Schmerzgrenze angelangt sind, die schon deshalb schreckt, weil wir radikale Eingriffe in unseren Körper gerade noch im Tiefschlaf einer Narkose aushalten, aber nicht in unserer Fantasie.

Dennoch setzen die Transhumanisten eine noch atemberaubendere Fiktion drauf. Brauchen wir überhaupt einen Körper zum Weiterleben? Genügt dazu nicht der Kopf allein mit seinem lebenden Datenrechner? Ist unser Körper nicht einzig und allein dazu da, diesen in Gang zu halten? Müssten wir uns wirklich bedauern, wenn wir ohne Luft zu holen, existieren könnten, ganz zu schweigen von einem Leben ohne Schlaf, ohne Hunger und ohne Nagelschere?

Auch wenn der Gedanke den Raum zu sprengen scheint: Schon längst arbeitet die Wissenschaft daran, unsere Hirntätigkeiten in binären Formeln nachzustellen. Ein Verfahren, das sich »Uploading« nennt. Die Robotiker, kluge Leute, die sich mit der Herstellung nützlicher Zweitmenschen beschäftigen, halten es sogar für denkbar, dass damit auch unser Ich-Bewusstsein auf einer Festplatte gespeichert werden kann. Wäre dieser Mensch danach noch ein Mensch? Ein Diskussionsthema, das gewiss Jahre lang durch alle Talkshows wandern würde.

Aber es ist gar nicht daran gedacht, diese digitalisierte Existenz in einem PC vereinsamen zu lassen. Man sieht durchaus Möglichkeiten, ihm geklonte oder tiefgefrorene Körper zur Verfügung zu stellen, mit denen er im Fernkontakt, genannt »Telepresence«, ein Leben nach alter Art führen könnte. Freilich auch mit den dazugehörigen Leiden, die ihm in einer ausschließlichen Computerexistenz nichts anhaben könnten.

Allerdings: sterben wäre ausgeschlossen, solange der PC läuft. Ja, man spielt sogar mit dem Gedanken, Sicherheitskopien irgendwo in unserem Sonnensystem zu hinterlegen, die ersatzweise eingeworfen werden können, wenn in einem Katastrophenfall die Hardware zu Bruch ginge. Damit hätten die »Transhumanisten« gewiss einen Weg zum Ewigen Leben gefunden. Lassen wir sie in Ruhe daran weiterarbeiten.

Besorgte Gedanken

Unser stürmisches Vorwärtsdrängen in Richtung Unsterblichkeit muss hier erst einmal aufgehalten werden. So reizvoll das Ziel ist, wir sollten doch nicht außer Acht lassen, dass wir uns möglicherweise auf einem Holzweg befinden. Die Jugendzeit dauert zehn Jahre, wenn wir diesen Lebensabschnitt zwischen 15 und 25 Jahren ansiedeln. Das ist nicht viel, aber auch nicht wenig. Ihn zu verdoppeln, fände sicher keinen Widerspruch. Aber ihn aufzupumpen auf 50, auf 500, oder gar auf eine Million Jahre, lässt die »schöne Jugendzeit« eher schrecklich erscheinen. Gewinnt man wirklich einen Wert, wenn wir unsere Erdenzeit auf solche Längen strecken?

Damit stehen wir unvermittelt vor der Kardinalfrage: an welcher Stelle soll das Ewige Leben ewig werden? Die Babyzeit und das Greisenalter kommen dafür nur bedingt in Frage. Also, dann wohl irgendwo dazwischen. Im Altertum griff man immer zur Bibel, wenn es Probleme zu lösen galt. Und da Jesus als verhältnismäßig junger Mann in den Himmel gefahren war, gab er mit seinen 33 Erdenjahren das optimale Format vor. Obwohl Geburtstage und Todestage dann sowieso keinen Sinn mehr machen, sollten wir den Frauen, die es gerne haben, jünger als ihr Geburtsschein zu sein, dabei ruhig einen kleinen Spielraum einräumen. Die technische Durchführung dieses Einheitsalters muss man wohl Gott selbst überlassen. Der wäre sicher nicht abgeneigt, seine berühmte Schöpfungsgeschichte noch einmal zu wiederholen. Diesmal freilich mit einer erhöhten Auflage. Aber würde man ihn am

Ende nicht doch mit der Herstellung von einer Milliarde 33-jähriger Adams und sagen wir 32-jähriger Evas überfordern?

Ein Kompromissvorschlag findet sich in der einschlägigen Literatur. So im »Boeck van der Voirsienicheit Godes«, was man mit ein bisschen Holländisch leicht selbst übersetzen kann. Darin wird das menschliche Leben wie gewohnt begonnen, aber mit dem 33. Jahr (Jesus!) eingefroren. Ein Alterungsprozess findet danach also nicht mehr statt. Zweifellos eine raffinierte Lösung, nicht nur aus Sicht der Jugendverbände und der um ihre Hauptaufgabe jetzt nicht mehr betrogenen Frauen. Nein, auch den Männern würde ein Durchmarsch durch stürmische Jugendjahre sicher schmecken. Leider ist die Sache nicht zu Ende gedacht, denn das ständige Nachschieben von jungen Kräften ohne Beseitigung der alten würde die Erde bald zum Überlaufen bringen.

Darin steckt ein weiteres Problem: wie hat man sich den Übergang von einer sterblichen zu einer unsterblichen Gesellschaft vorzustellen? Gegenwärtig drängeln sich immerhin gut sechs Milliarden Menschen auf unserer Kugel, die auf anständige Weise entsorgt werden müssten. Sollte man durch ein hartes Geburtenverbot die Menschheit langsam aussterben lassen? Die Chinesen haben es nur unter Androhung

schärfster Strafen fertiggebracht, den Ausstoß von Kindern auf zwei pro Familie zu begrenzen. Auf null käme man gewiss nur, wenn man die Lust am Babymachen total beseitigt. Welche sozialen Verwerfungen dies innerhalb der Gesellschaft auslöst, soll hier nicht untersucht werden.

Da drängt sich unwillkürlich der Gedanke auf, Gott um eine weitere Sintflut zu bitten. Gewiss ständen die Passagiere einer neuen Arche nach der Strandung gleich vor einer großen Aufgabe: Aber was machen sie danach, wenn alles wieder getrocknet und geputzt an seinem Platz steht? Mit dem Wegfall der Fortpflanzung verschwände ein Großteil der menschlichen Tätigkeiten. Entbehrlich wären Geburtshelfer aller Art, Kindergärten und Schulen, Spielzeugläden und alle Baby-Shops. Was dabei am Rande noch unter den Tisch fällt, kann unmöglich alles hier aufgelistet werden. So werden Richter von Jugendstrafkammern verzweifelt nach Angeklagten suchen, weil sich mit dem Verschwinden der Minderjährigen auch deren Delikte in Luft auflösen. Hier muss die Überlegung gestattet werden, ob man diesen Spezialisten nicht gleich vom Betreten der Arche abraten

»Herr Doktor, ich friere ständig und werde gar nicht mehr warm« –
»Mit uns ollen Leuten ist das so. Machen Sie's wie ich. Wenn's mich
friert, krieche ich zu meiner Frau ins Bett und wärme mich.« –
»Ja, wann würd's denn der Frau Doktor mal passen«?

sollte.
Analog dazu würde das reiche Feld der Altenbetreuung bis zu deren Ende ebenso entbehrlich: Nachlassgerichte, Klageweiber, Pfleger, Sargträger und so weiter. Besonders hart wäre die Priesterschaft davon betroffen, die gerade am Anfang und am Ende eines Menschenlebens

ihre großen Stunden hat. Wer sollte sich noch um geistlichen Beistand bemühen, wenn die Ungewissheit des Sterbens entfällt? Man spürt, hier ist noch eine Menge Diskussionsbedarf.

Ob wir wollen oder nicht, auch diese Frage muss noch geprüft werden, ob sich die Herstellung von zweierlei Menschensorten überhaupt noch rechnet. Da die Evas von Kinderkriegen und Kinderaufziehen entlastet wären, könnte man sich ja auch eine Welt voller Adams denken. Zugegeben, angesichts der enormen Freizeit, die den Ewigen zur Verfügung stünde, ein herber Verlust.

Nach dem aktuellen Stand der Überlegungen müsste man eigentlich von allen Abenteuern dieser Art abraten. Auf der anderen Seite hat menschlicher Geist bei veränderten Lebensbedingungen immer wieder neue Felder eröffnet, haben Anpassungsprozesse zu erstaunlichen Ergebnissen geführt, so dass man am Ende doch riskieren kann, die Unsterblichkeit herbeizuwünschen.

Der Schlüsselsatz zum Ewigen Leben

S agen Sie ganz leise vor sich hin: »Ich bin unsterblich.« Und noch einmal: »Ich bin unsterblich.« Das ist ab sofort Ihr Leitmotiv. Diese kümmerlichen drei Worte? Geduld. Vergessen Sie nicht, dass Ihre ganze Lebenserfahrung dagegen aufmarschiert und Ihnen dringend rät, die Finger von so dummen Spielchen zu lassen. »Ich bin unsterblich!« Ihr Widerstand ist geweckt: »Das ist wohl ein Witz, mit dem man mal wieder gründlich abgezockt werden soll. Mit mir nicht.«

Schade. Unterschätzen Sie nicht die Kraft der Drei-Wörter-Sätze. Auch das Ich-liebe-dich gehört dazu, mit dem man bekanntlich Bäume versetzen kann. Die gleiche Kraft steckt auch in Ich-bin-unsterblich. Aber Sie müssen den Satz erst in Ihr Repertoire aufnehmen. Nicht nur so nebenbei. Nein, mit der Entschlossenheit eines Löwen beim Gazellenfang. Binden Sie die drei Worte ein in Ihren Tageslauf: »Ich bin unsterblich.« Das muss Ihr Frühspruch, Ihr Mittagsdank und Ihr Abendgebet werden. Erst wenn Sie »Ich bin unsterblich« so oft gesprochen haben, wie Sie das Wort »Tod« in Ihrem Leben benutzten, wird es Ihr Satz sein, der alles Kleinlaute, Ängstliche hinter sich lässt und anfängt, in Ihnen zu wachsen und Sie zu führen: »Ich bin unsterblich.«

Allmählich merken Sie, welche Kraft diesem Wortbündel innewohnt. Schon das Aufstehen fällt Ihnen leichter mit ihm. Die Minuszeichen vor Ihren Befindlichkeiten werden Stück für Stück in Pluszeichen verwandelt. Sie spüren, nicht die Dinge ändern sich, Sie sind dabei, sich zu wandeln. Doch damit nähert sich auch eine neue Gefahrenschwelle: Ihr frisch gewonnenes Selbstbewusstsein soll jetzt andere beglücken. Lassen Sie die Finger davon. Schneller können Sie Ihre eigene Zuversicht nicht zerstören, als mit dieser menschenfreundlichen Regung.

Jetzt tritt Ihnen nämlich die Aufgeklärtheit einer ganzen Generation entgegen, ja die mehrerer Jahrtausende. Und die lassen keinen Zweifel an der Endlichkeit Ihres Erdenlebens. Hinten wird gestorben.

Punktum. Das weiß jedes Kind. Sie sind sofort mit Ihrem »Ich-bin-unsterblich« isoliert und werden dazu noch ausgelacht. Eigene Zweifel sind unvermeidlich. Jetzt muss es sich zeigen, ob Sie geschwächt aus der Krise hervorgehen oder gestärkt.

Hoffentlich gestärkt. Dann sind Sie auf dem richtigen Weg, den Todesgedanken abzuweisen. Aber jetzt beginnt erst die wichtigste und arbeitsintensivste Phase, die Ihren ganzen Einsatz erfordert. Und das wird kein Zuckerschlecken werden. Sie müssen den Lebensgedanken in sich verstärken. Alles, was mit dem Tod zu tun hat, ist zu eliminieren, und alles, was auf ein Ewiges Leben hinweist, gilt es kräftig auszubauen. Der Todesgedanke steckt nämlich nicht nur im Friedhofs-Drumherum. Er hat sich in allen Tätigkeiten versteckt, die Ihr Erdendasein brutal beenden könnten. Selbst Ihre gewiss wohlgemeinte Vorsorge für die Zeit danach ist davon betroffen. Nachfolgend finden Sie eine Reihe solcher Gefahrenfelder aufgelistet, die Ihnen deutlich machen, dass auch Kleinigkeiten großen Schaden anrichten können. Und vergessen Sie nie Ihr Leitmotiv: »Ich bin unsterblich!«

Die gewaltigste Kraft geht abschließend von einer Umstellung Ihres Lebens aus. Sie sind nicht mehr der Gejagte, der vom Tod Verfolgte. Sie sind jetzt der Herr über Ihr Leben und über Ihre Umwelt, die unter dem Druck Ihrer Endlichkeit einknickt. Das macht Sie zu etwas Besonderem. Jetzt sind Sie auch stark genug, selbst Ihren Feinden und wenn es sein muss, auch Journalisten, die noch nie eine Neuerung ungerupft ließen, zu sagen: »Ich bin unsterblich und ich weiß, dass ich es weiß.«

Damit haben Sie den Eingang zum Ewigen Leben gefunden. So etwas wie den Stein der Weisen, den schon Millionen vor Ihnen verbissen gesucht haben.
Sie haben ihn entdeckt und dürfen feststellen:

»Ich bin unsterblich!«
Kapiert?

Die Rezeptur

D as nun Folgende ist nicht nur so dahingesagt. Wenn Sie die Ratschläge nicht als Ganzes beherzigen, können Sie sich alle ersparen. Sie mit einer Speisekarte zu verwechseln, wäre ein großes Missverständnis. Dort darf man sich das Angenehme herauspicken, hier muss auch Unangenehmes geschluckt werden. Und zwar nicht zu knapp.

Wir kennen alle unsere Schwachstelle, die sich vor allem an Silvester zeigt. Große Vorsätze, von denen im drauffolgenden Jahr nur wenig übrig bleibt. Wir retten uns meist in das Argument, das sich Verordnete könne auch noch ein bisschen warten. In unserem Falle wäre dies ein tödliches Missverständnis. Wir haben es mit sehr entschlossenen Gegenkräften zu tun, die unser Unvermögen schneller als uns lieb ist erkennen und zu ihren Gunsten verwerten.

Sie haben das Schwerste vor, was man den Menschen abverlangen kann: sich selbst in den Griff zu nehmen. Die deutsche Sprache hält dafür viele Begriffe bereit: Disziplin, Ordnung, Abrichtung, Drill, Dressur, Maßregelung, Zähmung, Bändigung, Zucht. Die vielen Synonyme zeigen, wie schwer wir uns mit dieser Sache tun. Sie alle verweisen auf unsere körpereigene Selbstkontrolle, die uns von allen Geschöpfen der Natur abhebt. Es ist ein Innenspiegel, unser sogenanntes »Ich«, dafür eingerichtet, Verstand gesteuerte Anweisungen mit Gefühls geleiteten Reaktionen auszupendeln. Eine wunderbare Gabe, die uns manchmal verteufelten Ärger machen kann. Hier könnte sie zu einer Art Wiedergeburt führen.

Prüfen Sie die nachfolgenden Kapitel und entscheiden Sie sich dann entweder dafür oder dagegen. Nur bitte keine halbe Sachen.

Streichen Sie den November

Beginnen wir mit einer leichten Aufgabe: Drücken Sie sich um den November. Er ist in Deutschland auf besonders ungebührliche Weise mit Trauer vollgepackt. Eine Last, unter der jeder anständige Monat zusammenbrechen würde. Seine dreißig Tage sind sowieso schon durch Stürme hart gebeutelt, so dass alle seine Benutzer in einen Strudel der Hoffnungslosigkeit gezogen werden. Das fängt bereits am letzten Oktobertag an, wenn die Protestanten ihren Reformationstag begehen. Das konnten die Katholiken nicht so einfach hinnehmen und antworteten prompt mit einem Doppelschlag, beginnend mit Allerheiligen, an dem man der Prominenz der Kirchengeschichte gedenkt, während 24 Stunden später, an Allerseelen, die unteren Ränge an der Reihe sind. An beiden Tagen werden Friedhofsbesuche gern gesehen. Um diese Trauermasse wie absichtslos aussehen zu lassen, verordnete der Gesetzgeber eine Zweiwochen Pause, um dann noch brutaler zuzuschlagen. Der Volks-trauertag, eingerichtet für die Toten des Ersten Weltkriegs, bekam unter den Nazis Heldenge-denkstatus, bis er danach ganz in die Hände des Volksbunds Deutscher Kriegsgräberfür-sorge fiel. Um die Überlegung gar nicht erst aufkommen zu lassen, was zu tun ist, wenn den toten Kriegern endgültig die An-gehörigen ausgehen, musste auch noch ein Mittwoch daran glauben: der Buß- und Bettag. Nur für Kinder eine Freude, weil da in der Regel der er-ste Schnee fällt. Den Erwachsenen wird keine Lust erlaubt, so streng, dass dem Fernsehen anfangs an diesem Tag sogar Fußballübertragungen, selten ein Hort des Übermuts, verboten wurden. Und als ob der November nicht schon trist genug wäre: Am Totensonntag schließlich werden die sowieso stark geprüften Protestanten erneut zur Trauer he-rangezogen.

Verscheuchen Sie alle Todesgedanken

Vermeiden Sie alles, was mit dem Sterben zu tun hat. Kein Darüber-Reden, kein Davon-Lesen, kein Danach-Schauen. Da sind in erster Linie die Medien, die uns unseren täglichen Tod geben. Sie auszuschalten, ist gewiss nicht einfach. Man kennt die Geschichte des Mannes, dem ein Schatz versprochen wurde, wenn er beim Ausgraben nicht an eine alte, zahnlose Frau denke. Nach einer Viertelstunde wirft er verärgert den Spaten weg: »Nie habe ich an eine alte, zahnlose Frau gedacht«, wettert er gegen sich selbst, »und jetzt geht mir das Weib nicht mehr aus dem Kopf.«

Auch dieses Buch muss sich den Vorwurf gefallen lassen, dass es nichts anderes tut, als Gedanken über den Tod zu verbreiten. Entlastend mag angeführt werden, dass damit keiner Meditation Vorschub geleistet werden soll. Hier geht es einzig und allein um eine knallharte Auseinandersetzung mit der ältesten Bedrohung der Menschheit. Und man muss den Feind kennen, wenn man ihn besiegen will.

Wer aufmerksam in die Runde blickt, sieht sich förmlich umstellt von Todessignalen. Die mediale Sorge um Sie ist so groß, dass Sie langsam nicht mehr wissen, was Sie noch essen, wie Sie sich kleiden und welche Luft Sie noch atmen können. Wenn Sie Ihre Tageszeitung aufschlagen, springen Ihnen schwarz umbalkte Todesanzeigen entgegen. Möglicherweise befriedigt Sie der Gedanke, dass andere sterben und Sie weiterleben können. Aber schon sind Sie wieder eingefangen von düsteren Fantasien, die sich nur schwer abschütteln lassen. Dennoch müssen Sie es schaffen, Ihre eigene Vergänglichkeit zu vergessen.

Der Gedanke an den Tod ist allgegenwärtig. Kein Wunder. Aber man findet auch immer wieder entschlossene Widerstandsnester, die sich gegen sein böses Treiben stemmen. Auf der nächsten Seite stellt sich Ihnen eine Delegation energischer Todesbekämpferinnen vor.

Meiden Sie Friedhöfe

Meiden Sie jede Gelegenheit, bei denen Ihnen der Tod körperlich nahe kommen kann. Drücken Sie sich davor, von Sterbenden Abschied zu nehmen. Kein Mensch kann Sie zwingen, bei Bestattungen, ob in die Erde oder im Feuer, dabei zu sein. (Der Tote wird es kaum merken, ob Sie am Grabe standen oder nicht.) Streichen Sie Trauergottesdienste und Kondolenzbesuche aus Ihrem Kalender und um Friedhöfe ist ein großer Bogen zu empfehlen. Nirgendwo steht, dass man sich Trauer ansehen lassen muss. Schauen Sie weg, wenn jemand eine schwarze Armbinde trägt. Wenn Sie sich dann trotz redlichem Bemühen nicht um die Pflege eines Familiengrabes drücken können, dann überlassen Sie dies den zuständigen Gärtnern mit einem Dauerauftrag.

Diese Abstinenz gilt auch der Vorsorge für Ihren eigenen Tod. Sich mit Sargausstattungen, Blumendekors, Grabinschriften und anderem zu befassen, ist in höchstem Maße kontraproduktiv.
Ja, selbst das Verweilen vor Sanitärhäusern kann Sie auf dumme Gedanken bringen, denn deren Schaufenstern sind Vorhöfe der Sterblichkeit. Neuerdings sind Kaffeefahrten ins Krematorium im Kommen. Da Bestattungen in den Ostländern billiger sind, nehmen viele Bundesbürger die freundliche Einladung tschechischer Bestatter an, um sich persönlich von der hohen Entsorgungstechnik hinter der Grenze zu überzeugen. Für manche mag es ein beglückend schöner Gedanke sein, dort einmal preiswert in einem Beet aus Vergissmeinnicht zu versinken, aber gleichzeitig belasten Sie sich selbst ständig mit

den Gedanken, ob die letzte Ruhe von Ihren Angehörigen auch genau nach Ihren Wünschen abgewickelt wird. Die haben in der Regel wenig Zeit und wenig Lust, in Beendetes noch groß zu investieren. (Vergissmeinnicht im Winter können sehr teuer sein.)

Ihr Vorsatz wird Ihnen durch die sich schon seit einiger Zeit veränderte Haltung zur Trauer wesentlich erleichtert. Während früher der Tod eines Herrschers das ganze Land ein Jahr lang in Schwarz tauchte, widmen sich heute nur noch die unmittelbar Betroffenen, die Witwe, der Witwer, schon kaum mehr die Kinder, der Trauerarbeit. Das Wort lässt bereits ahnen, dass hier konventionelle Verpflichtungen den Rahmen vorgeben. Die Hinterbliebenen wollen heute so rasch wie möglich aus der gesellschaftlichen Verbannung gelöst werden, die ihnen ein fremder Tod bisher auferlegt hatte. Sie finden jetzt wieder zurück in eine bäuerliche Übung, die dem Verstorbenen »eine schöne Leich« bescherte. Gemeint war der Leichenschmaus, ein zur Realität zurück lenkendes Gastmahl, bei dem schon der dabei ausgeschenkte Alkohol Fröhlichkeit bis zum Anschlag garantierte.

Es gibt Soziologen, die eine Ausbürgerung des Todes aus unserem Alltag beklagen; die in der Verweigerung der Trauer und des Rechts, die Toten zu beweinen, einen Makel sehen. Dass sie auch noch eine Gefahr dahinter vermuten, wenn sich Hinterbliebene »mit Arbeit betäuben«, zeigt an, welchen Stellenwert sie der Arbeit zuweisen. Dabei ist längst bekannt, dass eine mit Leidenschaft erfüllte Tätigkeit jeden Psychiater erspart. Alle Alarmglocken müssen jedoch klingeln, wenn sich der Hinterbliebene in eine fortdauernde Gemeinschaft mit dem Toten hineinsteigert, ja sich an seine Stelle setzt, ihn, wo immer es geht, nachzuahmen sucht, um schließlich auch noch dessen Geburtstag wie den eigenen zu feiern. Menschen wie diese setzen sich selbst auf die Liste der Himmelfahrtsaspiranten.

Ignorieren Sie Ihren Sterbefall

Was würden Sie an Ihrem Leben ändern, wenn Sie noch einmal auf die Welt kämen?« Eine gern gestellte Frage der Reporter, wenn sie mit ihrem Sachwissen am Ende sind. Nur selten sieht ein Interviewter da

Änderungsbedarf: Vielleicht nur nach außen hin, denn wer wollte schon zugeben, dass er sich durch falsche Entscheidungen um Erfolg gebracht hat. So mag sich eine Witwe grämen, wenn sie bei der Testamentseröffnung erfährt, dass sie zum Sozialfall wird. Hätte sie nicht dem »Lattenreißer« Emil damals ihr Ja-Wort gegeben, sondern dem »Spittelchen« Bruno, säße sie jetzt mit einer schönen Pension da, denn der hatte es im Staatsdienst recht weit gebracht, während ihr Emil … reden wir nicht drüber.

Solche Überlegungen gehören zu den Endzeitgedanken, die Sie fürchten sollten, wie der Teufel das Weihwasser. Gewiss, ab einem gewissen Alter zieht man unwillkürlich Bilanz: Konnte ich meinem Leben einen Sinn geben? Hinterlasse ich eine Spur? Oder war alles ein großer Irrtum? Aber da Sie auf alle diese Fragen keine Antwort finden, ist es besser, sich diese Mühe zu sparen. Und vor allem, impfen

Sie sich mit der Überzeugung, dass Sie die Kinder Ihrer Kinder noch kennen lernen werden und sogar ein guter Ur-Ur-Ur-Großpapa oder entsprechend eine Ur-Ur-Ur-Großmama sein werden.

Auch die Errechnung des mutmaßlichen Todesjahres gehört zu diesen Schlussgedanken. Beliebt ist, die Quersumme aus dem väterlichen und mütterlichen Alter zu ziehen und diese dann für sich selbst vorzusehen. Das kann zu einem fröhlichen Gesellschaftsspiel werden, vor allem, wenn man dabei noch die Großeltern und andere Verwandte einbeziehen (soweit sie über ausreichend Lebensjahre verfügen). Wenn Ihnen damit ein eigenes Alter von über Hundert ins Haus steht, sei Ihnen das Spiel gestattet. Sonst schnell weg damit.

Der Tod ist, wie Sie wissen, auch ein hoch interessanter Geschäftszweig. Schon deshalb, weil eventuell Geschädigte bisher noch nie Schadensersatz eingeklagt haben. Seien Sie deshalb auf der Hut, wenn Ihnen das Sterben und seine Konsequenzen mit allen Schrecken vorgeführt wird. Diesem ohne schlechtes Gewissen zu entgehen, ist kaum möglich. Die Notare warnen vor einem Chaos bei der Erbteilung, die Altersheime fordern vorausschauende Platz-Reservierungen, die Krankenkassen bieten Vorsorge-Checks an, Lebensversicherungen operieren mit dem drohenden Entzug ihrer Steuerprivilegien. Schalten Sie den Fernseher aus, wenn man Ihnen mal wieder einredet, Sie wären verantwortlich dafür, dass nach Ihrem Ableben alles geordnet weitergeht. Der Generationswechsel wurde ja gerade deshalb geschaffen, um die Menschheit an veränderte Lebensbedingungen anzupassen. Ihr testamentarisch ein abgenutztes Denken aufzuhalsen, bewirkt gerade das Gegenteil. Verzichten Sie auch darauf, Ihre eigenen Erinnerungsstücke für die Nachwelt zu sortieren. Da kein Mensch weiß, wie sich die Welt weiterdrehen wird, sollten Sie die Endmoränen Ihrer Existenz besser in den Schubladen und Kisten lassen, wo sie schon Jahre vor sich hin schlummern. Da stören sie niemand.

Und vor allem: Finger weg von allen zukunftbestimmenden Anweisungen. Gemeint sind vor allem Testamente, meist gedacht als eine lange Hand aus dem Grabe, mit der man Bösewichtern nach dem Tode noch einmal eins auswischen kann und mit der man seine Lieblinge zu streicheln versucht. Dass dies in vielen Fällen schief läuft, ist bekannt. Meist liegt zwischen dem Tag einer Abfassung bis zum Tag der Erfüllung eines Letzten Willens eine gehörige Strecke Zeit, in der sich viel verändern kann. Aber all dies scheinen die Notare vorausschauend berücksichtigt zu haben. Doch da sich das Steuerrecht kuckuckshaft im Erbschaftsrecht eingenistet hat, haben wir es jetzt mit einem Paragrafen-Dschungel zu tun, selbst von Experten kaum mehr durchschaubar. Mögen die sich um Ihre Hinterlassenschaft kümmern. Sie holen sich damit ein Stück Lebenslust zurück, wenn Sie sich nicht um etwas kümmern, das Ihnen völlig wurst sein kann.

Umarmen Sie den Schmerz

Auch wenn Sie es nicht wahrhaben wollen: Der Schmerz ist Ihr Freund, denn er ist eine Voraussetzung menschlicher Existenz. Wäre Ihr Körper nicht mit diesem Alarmsystem ausgerüstet, könnten Sie sich zwar fröhlich auf einer heißen Herdplatte niederlassen, aber von da an wäre Ihre Sitzfähigkeit doch erheblich eingeschränkt.

Da der Schmerz dummerweise weh tut, zwingt er Sie unmittelbar zum Handeln, denn Sie können ihn damit nicht wie ein Telefon unbeachtet vor sich hin klingeln lassen. Gewiss, in einem lässt er Fingerspitzengefühl vermissen: Ein großer Schmerz weist nicht zwangsläufig auf eine große Gefahr hin, so wenig wie ein kleiner Schmerz wegweisend zu einem Bagatellfall ist. Wenn Sie den Musikantenknochen an einer Möbelkante stoßen, hören Sie die Engel im Himmel singen, während ein bösartiger Tumor sich manchmal nur mit ein bisschen Kopfweh meldet.

Alles drängt somit danach, die Kommunikation zwischen Ihrem Kopf und Ihrem Bauch zu optimieren. Am besten: Sie sprechen einmal mit Ihrem Körper. Schrecken Sie nicht vor einem Dialog dieser Art zurück, auch wenn Sie noch so sehr davon überzeugt sind, dass Ihr Körper kein eigenständiges Wesen ist, sondern der Erfüllungsgehilfe Ihres Geistes – er gibt die Befehle und der Körper führt sie aus. Natürlich folgt jener in der Regel Ihrem Willen, mag der auch noch so verquer sein. Aber er murrt bei Überforderung und sperrt sich, wenn Sie nicht auf ihn hören. Dabei geht es nicht nur um die Ihnen bewussten Aktionen. Die unbewussten, weit in der Überzahl, spielen sich ohne Ihre Aufsicht ab und werden Ihnen erst erkennbar, wenn irgendwo Sand ins Getriebe gerät. In diesen Momenten darf Ihr Körper keinesfalls Ihr Feind werden. Seine Schmerzsignale dürfen nicht durch Tabletten ausgetrickst und Schlappheit, das Zeichen, dass alle Kräfte punktuell an der Gefahrenstelle eingesetzt sind, nicht durch Willenskraft gebrochen werden.

Behandeln Sie Ihren Körper wie ein geliebtes Wesen. Wenn Sie ihn als widerborstiges Kind betrachten, das durch Züchtigung wieder auf die Reihe gebracht werden muss, dann können Sie das Buch zuklappen und sich Wichtigerem zuwenden. Ihr Körper muss nämlich bei unserem Vorhaben unbedingt ein gleichberechtigter Partner sein. Sonst Ade Unsterblichkeit. Im Hauruck-Verfahren werden Sie seine Gunst allerdings nicht erringen. Fangen Sie mit einfachen Übungen an. Etwa, wenn sich Unpässlichkeit nähert. Sagen Sie, und sagen Sie es laut, wie ungelegen Ihnen gerade jetzt eine Krankheit käme und bitten Sie ihn um Befreiung aus dieser misslichen Lage. Wenn Sie nicht gleich beim ersten Mal Erfolg haben, geben Sie nicht auf. Sie werden staunen, wie fruchtbar die Freundschaft zwischen Körper und Geist sein kann. Der Körper, richtig behandelt, denkt jetzt mit. Jetzt gilt es, ihn bei Laune zu halten, damit Fruchtbares daraus erwächst.

Sehen Sie, wie Behörden überleben

Überlisten Sie die Todesstunde. Hervorragende Beispiele des Überlebens liefern Öffentliche Ämter. Die meisten verstehen es glänzend, sich bei jedem Regierungswechsel wegzuducken, um dann umso glorreicher wieder aufzuerstehen. Wer hätte gedacht, dass uns kein einziger Zöllner verloren ging, als das »Europa ohne Grenzen« eingeführt wurde. Man folgte offensichtlich dem Pariser Beispiel, wo zum Anfang des letzten Jahrhunderts eine zugegeben kleine Behörde zur Abwicklung eines Hochwasserschadens eingerichtet worden war. Gedacht für ein, zwei Jahre. Aber sie konnte sich ihrer Unauffälligkeit wegen über 30 Jahre im Regierungsetat halten. Sie endete, nicht etwa weil sie ihre Aufgabe als erfüllt ansah, sondern durch den Tod des letzten der rund ein Dutzend Beamten.

Die Politik drückt sich erfolgreich um dieses Thema herum. Der englische Historiker C.N. Parkinson, bekannt durch sein scharfsinniges, nach ihm benanntes Gesetz, musste sich als Spaßmacher verkleiden, um den Gegenstand überhaupt öffentlich zu machen. Seine Feststellung, Aufblähung der Beamtenapparate bedeutet Macht und Gehaltserhöhung, erklärt, warum überflüssige Institutionen mit viel Tricks und Power um ihr Überleben kämpfen. In der Regel mit so großem Erfolg, dass wir uns dies im Kampf gegen den Tod zum Vorbild nehmen können.

Große Unterstützung ist auch von der Justiz zu erwarten. Auch sie verfügt über einen langen Atem. Es gibt bekanntlich Verfahren, die Jahrzehnte in Anspruch nehmen. Damit sind sie wunderbar geeignet, eine Erwartung herzustellen, deren Erfüllung in weiter Ferne liegt und die durch ihr Unerledigtsein dem Tod die Tür versperrt. Nichts gegen Juristen, alles rechtschaffene Leute. Ihren Silberpapierglanz verdanken sie vor allem spektakulären Prozessen, in denen sie brillant die Unschuld ihrer Mandanten beweisen und die wahren Täter entlarven. Bekannt aus Film und Fernsehen. Die Wirklichkeit sieht ein bisschen anders aus. Da bemüht sich die eine Hälfte der Rechtssachverständigen ohne Unterlass, Lebensvorgänge in griffige Formulierungen zu packen, die auch abwegigsten Grenzfällen gerecht werden. Man nennt dies Gesetze. Die andere Hälfte dieses Berufsstandes sucht darin nach Lücken und macht sie mit einem entsprechenden Drall den eigenen Interessen dienlich. Da dies in einer manchmal kuriosen Juristensprache geschieht (»Das Tonband wird durch Abspielen in Augenschein genommen«), ist für den Klienten selten erkennbar, ob er sich auf einen Sieg oder auf eine Niederlage zubewegt. Aber selbst wenn er durch ein Urteil gebeutelt wird, gibt es so viele weiterführende Instanzen und Nebengerichte, dass ein langes Verweilen auf dem Rechtsweg garantiert ist.

Es müsste doch mit dem Teufel zugehen, wenn sich nicht irgendein Nachbar, ein böser Freund oder ein betrügerischer Geschäftsmann fände, der als Prozessgegner in Frage kommt. Auch das Verklagen von Behörden ist in Mode gekommen und ein weites Feld wurde neuerdings eröffnet, nachdem sich auch Familienangehörige untereinander vor den Kadi bringen dürfen. Die Lebensverlängerung ist damit (fast) garantiert.

Verkaufen Sie Ihre Maschinen

Ihre elektrische Zahnbürste dürfen Sie behalten. Auch den PC müssen Sie nicht aus dem Fenster werfen. Das Handy sei Ihnen gegönnt wie der Staubsauger. Aber alles, was Ihre Bewegungen einschränkt, gehört auf den Index. Damit können Sie bereits die Hälfte Ihrer täglichen Gymnastik abhaken. Die andere Hälfte besteht aus einem fein abgestimmten Programm, mit dem Sie alle Gelenke in Betrieb halten, auf dass Ihr Körper nie Gelegenheit findet, sie stillzulegen.

Natürlich war die Menschheit beglückt, als es gelang, schwere Handarbeit an Maschinen abzugeben. Wie schön, dass man mit 20, 50, 100 oder gar 1 000 Pferdestärken zu Land, zu Wasser und in der Luft zu reisen lernte und nicht mehr auf ein paar müde Schindmähren angewiesen war. Strom erhellte nicht nur die Nächte, er bescherte uns durch seine Hilfsbereitschaft viel Bequemlichkeit (um in diesem Zusammenhang nicht von Faulheit zu reden).

Wenn die Maschinen nur nicht so prestigeträchtig wären! Ein öffentliches Verkehrsmittel kommt, auch wenn es sich noch so Mühe gibt, nicht gegen den mickerigsten PKW an. Wintersportler, die ihre Skier buckeln, werden von den Liftbenutzern wohlwollend verachtet. Überall sind wir von Verführungen umstellt und kluge Köpfe arbeiten daran, sie noch verführerischer zu machen. In 100 Jahren werden Roboter auch noch die letzten Handreichungen an sich gerissen haben. Keine verlockenden Aussichten für die Unsterblichkeit. Denn der Weg zu ihr läuft genau entgegengesetzt.

Ist es nicht kurios, dass auf der andern Seite hochbegabte Ingenieure daran arbeiten, die damit gewonnenen Erleichterungen wieder in

Erschwernisse zu verwandeln? Ein unverstellter Blick in ein Fitnesscenter lässt uns Foltermaschinen erkennen, an denen die Guantanamo-Bewacher ihre Freude haben müssten. Gegen gutes Geld dürfen die Besucher schwere Lasten stemmen, sich auf Laufbändern außer Atem bringen und rudern, ohne einen Meter zurückzulegen. Wie wäre es mit einem Ellipsentrainer, einem Smart Shaper, einem Hang-up-Tisch, einem Swing- und Twist-Stepper für zu Hause? Das alles nur, um die Unbequemlichkeiten zurückzuholen, die man gerade hoch beglückt abgeschafft hatte. Ein Nullsummenspiel von höchster Qualität. Und ein aufwändiges dazu.

Das alles wäre weit billiger zu bekommen. Man muss nur damit beginnen, den eigenen Tagesablauf so zu gestalten, dass sich über den ganzen Tag körperliche Herausforderungen ergeben. Etwa nach dem Muster der hammerschwingenden Straßenarbeiter, die von Robert Bosch befragt wurden, warum sie sich so plagen, wo er doch für sie einen wunderbaren, elektrischen Schlaghammer erfunden habe. Ihre Antwort muss den Unternehmer nachdenklich gemacht haben. »Ja wisset Se, Herr Geheimrat, wir wollet abends müd sei.«

Wir kommen auch hier nicht um einen schmerzlichen Teil herum. Als erstes sollten Sie Ihr Auto verkaufen. Es frisst Ihnen sowieso durch die ständig steigenden Spritkosten und Reparaturen die Haare vom Kopf. Auch eine Maut ist bereits angedacht. Bitte kommen Sie nicht damit, dass der Tageskurs der Zweithandmodelle gegenwärtig miserabel ist. Er ist immer miserabel. Da man in unseren Städten zwar noch gut fahren, aber nicht mehr anhalten kann, gewinnt man damit sogar ein Stück Freiheit zurück, wenn man von seinem Auto lässt. Sie werden staunen, welch Hochgefühl aufkommt, wenn man im Gewirr der Busse, U- und S-Bahnen, der Schiffs- und Luftlinien, der Eisen- und Straßenbahnen die optimalen Verbindungen gefunden hat. Vielleicht holen Sie auch Ihr Fahrrad wieder aus dem Keller. Es soll viele wieder jung gemacht haben.

Hier darf jetzt das Loblied der Treppe gesungen werden. Ganz klein hat sie mal als Stufe angefangen, da man merkte, dass ein Anstieg leichter zu bewältigen ist, wenn man ihn in waagrechte Ebenen gliedert. Heute fristet sie neben edlen Lifts ein karges Dasein als Ersatz bei Stromausfällen. Aus diesem Schattendasein sollten wir sie erlösen. Je früher desto besser. Hier kommen Sie nicht um ein Stück Brutalität gegen sich selbst herum. Ihre Abschieds-Gene versuchen nämlich ständig, die Grenzen Ihrer

Beweglichkeit einzudrücken. Aber genau das darf nicht passieren. Weder durch Rolltreppen noch durch Treppenlifts sollten Sie sich von einem täglichen 100-Stufen-Programm (aber ohne zu mogeln) abbringen lassen.

Das Auto abzuschaffen und dann nur im Liegestuhl die Tage zu verbringen (oder wie Marlene Dietrich im Bett) ist natürlich nicht erlaubt. Wie wäre es mit einem temperamentvollen Hund? Der wird Ihnen das Gehen schon beibringen.

Entscheidend ist, dass Sie sich keine Ausrede gestatten, aus Ihrem sportlichen Tagesplan zu entwischen. Aber es sei Ihnen gestattet, auf Rekorde zu verzichten. Gehen Sie soweit, wie Ihr Körper mitspielt und legen dann noch 10 Prozent zu. Das ist das richtige Maß. Sie werden merken, dass der Rückzug vor dem Schmerz bald in ein Abdrängen der Schmerzschwelle umschlägt. Training braucht natürlich auch Ihr Kopf. Zeitung lesen genügt nicht. Dringen sie ruhig in die vielfach angebotenen Rätselecken vor (einschließlich des neuen Renners Sudoku) oder stellen Sie sich selbst knifflige Fragen. Aber auch hier: Verzicht auf alle maschinellen Helfer wie Taschenrechner und andere Verführungen.

Auch wenn es weh tut, absolvieren Sie dazu mit sturer Regelmä-ßigkeit täglich ein halbes Stündchen körperliche und geistige Lei-besübungen. Was Sie da mit Ihren Armen und Beinen machen, wie Sie Ihren Körper biegen und strecken sollen, haben Sie gewiss schon tausendfach gelesen, gehört oder gesehen. Das braucht hier nicht im einzelnen noch einmal dargestellt werden.

Wichtig ist die dahinter stehende Philosophie: Lassen Sie sich nicht von abwertenden Beschreibungen des Alters in die Ecke drängen. Wir haben es selbst in der Hand, »Grufti« und ähnlichen Bezeichnungen den Schubs ins Positive zu geben. Ob Mann ob Frau, alle bringen mit ihren Erfahrungen einen unglaublichen Schatz ein, der sie allen Jüngeren gegenüber überlegen macht. Die öffentliche Beurteilung des letzten Lebensabschnitts stammt nämlich noch aus einer Zeit, in der man die Alten ins Nebenzimmer verwies, wenn Besuch kam. Stattdessen hat sich heute bei diesen ein Selbstbewusstsein entwickelt, das sie jetzt nicht mehr verpflichtet, vor dem Tod zurückzuweichen.

Lernen Sie Wasser schätzen

Auch wenn wir es heute besser wissen, vier Elemente für das Leben auf der Erde verantwortlich zu machen, zeugte von einem hohen Stand frühen Denkens: *Feuer,* sprich Wärme, löst chemische Vorgänge aus, *Erde* liefert dazu Mineralien und Metalle, *Luft* steuert die lebensnot-wendigen Gase bei und *Wasser* bringt alles zusammen. Wasser ist Transportmittel und Baumaterial zugleich. Das markiert eine heraus-ragende Position unter den Elementen. Da es viel davon gibt, wurde es nie hoch gehandelt. Außer in Dürregebieten. Heute merken wir endlich, welch ein Geschenk uns die Natur da gemacht hat.

Dass Wasser auch gefährlich sein kann, ist weithin bekannt. Damit erübrigt sich an dieser Stelle eine Warnung. Eine zu heiß aufgedrehte Dusche, ein dampfender Autokühler und ein gerissener Waschma-schinenschlauch, wer hat das nicht schon selbst erlebt oder zumindest davon erzählt bekommen. Ganz abzulehnen ist in unserem Fall die Umsetzung der Formel: »Bist du des Lebens nicht mehr froh, so stürze dich in H2O.« Wassersüchtige Selbstmörder können wir in unserer Überlebens-Fibel überhaupt nicht gebrauchen.

Leider haben wir fast vergessen, wie köstlich frisches Wasser schmeckt. Als Nahrungsmittel wird es uns nur noch gepanscht angeboten, versetzt mit Gasen oder Geschmacksstoffen. In der Regel mit beidem. Es scheint, als hätte man es darauf angelegt, Wasser unter allen Umständen zu denunzieren. Dabei hat es alle Voraussetzungen, um als Heilmittel aufzutreten. Ja, sogar bei der Verlängerung menschlichen Lebens ausschlaggebend mitzuwirken.

Wasser rinnt uns mehrfach über den Weg. Neben dem Trinken steht das darin Baden. Pfarrer Kneipp lenkte den Blick auf seine gesundmachende Wirkung. In seinem Gefolge entstanden reihenweise Kurbäder mit den unterschiedlichsten Heilversprechen. Dass man Wasser zum Löschen von Bränden benutzte, mag angehen. Aber dass man es als Transportmittel für Fäkalien erniedrigte, stinkt zum Himmel. Es zeigt auf der anderen Seite aber auch seine universellen Fähigkeiten, die uns schon dadurch imponieren müssen, weil der Mensch zur Hälfte mit Wasser aufgefüllt ist. 40-50 Liter kommen da gut und gerne zusammen, wenn auch viel davon in den Zellkernen gebunden.

Und dennoch braucht er zusätzlich sein tägliches Pensum zur inneren Reinigung. Zwei bis drei Liter empfehlen die Methusalem-Forscher. Das ist sicher zuviel verlangt, da wir ja mit unserem Essen bereits große Mengen davon aufnehmen. In jedem Fall sollten Sie alle Zuckerwasser (auch die nachgesüßten Obstsäfte) sowie die Alkoholika aus Ihrem Programm streichen. Ein Gläschen leichten Wein pro Tag ist gerade noch erlaubt.

Nur noch Wasser hält natürlich kein Mensch aus. Trinken Sie viel, aber nur solange es ihnen nicht widersteht. Ihr Körper kennt immer noch am besten das richtige Maß. Dem können Sie auch hier folgen.

Sammeln Sie Energie

Auf dem Tisch steht ein Blumenstrauß. Wer ihn anschaut, kann sich seiner Schönheit nicht entziehen. Aber es sind nicht nur seine Formen und Farben, die unsere Sinne erregen. Hier packt uns noch etwas anderes. Auch wenn man es den Dingen nicht ansieht, in allen ist Kraft versammelt. Wenn Sie sich einen Ziegelstein auf den Fuß fallen lassen, können Sie diese sogar schmerzhaft erkennen. Die Energie, die Sie aufgewandt haben, um den Stein in die Höhe zu heben, gibt er Ihnen beim Aufprall auf Ihren großen Zeh zurück.

Hauptlieferant unserer Energie ist die Sonne. Dieser glühende Atommeiler, acht Lichtminuten von uns entfernt, schaufelt ungeheure

Mengen davon auf unseren Planeten. Wenn wir uns nicht die halbe Zeit von ihm abwenden würden, könnten wir möglicherweise an diesem Übermaß zu Grunde gehen. Die Nacht ist unser Retter. Dafür findet sie allerdings wenig Anerkennung: der Tag ist uns lieber.

Wir alle sind unablässig auf der Suche nach Energie. Alle Antriebskräfte unseres Körpers werden von ihr gespeist. Der damit verbundene Lustgewinn wird einseitig dem Sonnenschein zugeschrieben, bei dem wir uns durch fröhliche Lieder entsprechend bedanken. Dabei kommt der Segen nicht nur von oben, er kommt genauso aus unserer unmittelbaren Umgebung. Wir müssen ihn nur erkennen.

Man könnte nun verführt sein, einen in jedem Telefonbuch aufgelisteten Energieberater anzurufen und ihn um Hilfe zu bitten. Die freundlichen Damen und Herren können Ihnen jedoch nur sagen, von wo Sie am preiswertesten Strom und Gas bekommen können. Deshalb scheiden sie für unsere Zwecke aus. Wir müssen selbst die Augen aufmachen, um zu erkennen, wo sich Energie versammelt.

Der eingangs zitierte Blumenstrauß bietet leider nur Niederspannung an. Wenn Sie einer geballten Portion Flora bei Ihrem Blumenhändler begegnen, sieht die Sache schon anders aus und in einer Gartenbauausstellung können sensible Menschen die Kraft der kleinen Blumenbatterien bereits körperlich wahrnehmen. Die meisten von uns brauchen stärkere Anreize. Ein Fußballstadion, randvoll mit Fans, macht da schon mehr her. Eine Loveparade mit überbordender Stimmung, eine Straßenschlacht mit der Polizei kann sogar bis in unsere erotischen Zentren vordringen und am lustvollsten sind die Demonstrationen der Atomkraftgegner, weil sich hier die Strahlkraft der Kernenergie mit dem Kampfwillen ihrer Gegner zu einer geballten Ladung vereinigt, die dann mit erneutem Lustgewinn an die Kraftwerkbetreiber abgegeben werden kann.

Es sind die jungen Menschen, die wir bei solchen Anlässen finden. Ihr Energiebedarf ist immens. Die alten Leute fühlen sich dabei ausgegrenzt und mit ihrer Vereinsamung verlieren sie zunehmend den Zugang zu den unerlässlichen Kraftquellen. Und dies genau in dem Augenblick, da sie alle Kraft zur Abwehr des Todes dringend brauchen.

Manche scharen Freunde um sich oder schließen sich fremden Gruppen an, um sich dort aus gemeinschaftlichen Erlebnissen zu betanken. Flug- und Schiffsreisen sind dabei besonders beliebt. Aber auch Wintersport und Badestrände sind dafür geeignet, denn an den Nahtstellen der Elemente, wie Wasser und Land, Berge und Luft strahlt die Energie am stärksten.

Nun haben die meisten ein Fernsehgerät zu Hause. Und dieser Technik ist es gelungen, nicht nur bewegte Bilder zu transportieren, sondern auch einen Teil der vor Ort erzeugten Energie dazuzupacken. Wer die Mondlandung miterlebte und den Fall der Mauer, kann es bestätigen. Das Gefühl des Dabeiseins war mitunter so stark, dass nicht wenige ihren Apparat abschalten mussten, um diesen Energieschub zu stoppen. Aber nicht jeden Tag ist ein Mond-Spaziergang angesagt, nicht jeden Tag ein Fall der Mauer. Auch die kleinen Energiespender haben es in sich: Schauspieler, Sänger, Sportler, Moderatoren, Politiker, Wissenschaftler, soweit sie Persönlichkeit spüren lassen, sind gut geeignet, unseren Tagesbedarf an Energie zu decken. Aber wir müssen sie suchen und sie annehmen.

Das haben die Zeit und die Energie gemeinsam. Man kann sie nicht anfassen. Ihre Körperlosigkeit lässt uns glauben, dass wir sie wie das Wetter hinzunehmen haben. Dabei sind beide durchaus gestaltbar. Die Zeit vergeht bei Langeweile schleppend, bei Erlebnissen schneller. Alfred Polgar hat das bei einer Theaterkritik auf den Punkt gebracht: »Als ich um halb zwölf auf die Uhr schaute, war es kurz vor neun.« Ungeduld kann den Zeitablauf verdichten, Gelassenheit entspannen. Der scheinbar feste Faktor Zeit zeigt sich durchaus biegsam. Nicht anders die Energie. Hier ist die Neugierde ein williger Helfer. Sie stöbert gern in unbekannten Winkeln, animiert zu Aktivitäten, die wiederum nach ausbeutbaren Energiefeldern suchen. Sagen Sie nie: »Dazu bin ich zu alt.« »Unsterbliche« kennen diesen Satz nicht.

Essen Sie sich frei

Lasst dicke Männer um mich sein«, forderte der Senator Julius Caesar, denn die Mehrzahl seiner Römer war hager und klein. Körperfülle war damals ein Qualitätssiegel. Die Deutschen müssen das missverstanden haben, denn ihr Eifer, die Caesarischen Vorgaben zu erfüllen, ist nicht zu übersehen. Sie sind überwiegend zu dick. Graziles ist Mangelware. Wie recht hatte da ein Königsberger Professor, als er feststellte: »Die meisten Menschen graben sich mit ihren Zähnen das Grab.« Mit anderen Worten, wer seine Essgewohnheiten im Alter nicht zu ändern bereit ist, arbeitet selbstlos den Bestattungsunternehmern zu.

Viel Unheil richtet dabei die Mutterliebe an. Welche Frau wäre nicht stolz auf ein wohlgenährtes Kind? Deshalb werden die lieben Kleinen mit ihren Leibspeisen abgefüllt, bis man sie für das harte Leben außerhalb des Elternhauses gerüstet glaubt. Mit dieser Vorgabe sind sie dann zeitlebens belastet. Prägend ist dabei vor allem die Menge der verputzten Nahrungsmittel, in der Regel der Bedarf eines Bergarbeiters auf der dritten Sohle. Dass der Kalorienverbrauch bei den gegenwärtigen Arbeitsbedingungen nur einem Bruchteil davon entspricht, wird nicht weiter wahrgenommen. Denn Essen macht auch Freude und hilft seelisch über viele Misshelligkeiten hinweg.

Nicht über das Sterben. Im Gegenteil, es wird dadurch fühlbar näher gerückt. Ganz strenge Prediger des Ewigen Lebens empfehlen deswegen ständiges Fasten im Alter. Das mag gewiss nützlich sein, aber es zerstört auf der anderen Seite jedes Vergnügen am Leben, ohne das alle Anstrengungen zur Überwindung des Sterbens sinnlos werden. Wie immer glänzt der Mittelweg golden. Reduzieren Sie ihre Essensstationen auf eine Hauptmahlzeit am Tage. Aber unterlaufen Sie sich bitte nicht selbst mit Zwischendurch-Getränken und Das-macht-doch-nichts-Naschereien. In Kalorien ausgedrückt: mindestens ein Drittel weniger als in ihren High-Speed-Jahren. Das kommt hin.

Gayelord Hauser, der amerikanische »Bleibe-jung-lebe-länger-Guru«, schwört auf ein reichhaltiges Frühstück und beweist dies überzeugend durch seine Blutzuckeruntersuchungen.

Danach müssten alle Italiener ab 11 Uhr ermattet in den Seilen hängen, denn die nehmen zu ihrem Cappuccino nur ein Stück gesalzenes Fladenbrot ohne alles obendrauf. Ein kleiner Magen stellt auch kleine Ansprüche. Deshalb kommt man auch mit einem schmalen Mittagessen, ein bisschen Salat, einem warmen Schinken-Käse-Brötchen oder einem Nudelgericht gut zurecht. Ja, die Hauptmahlzeit am Abend kann auf kleinen Tellern serviert werden, was die Hausfrau nicht daran hindern darf, den letzten Auftritt des Tages zu einem Höhepunkt, gastronomisch, atmosphärisch und gesellschaftlich, zu machen. Man kann offensichtlich die Regel, morgens wie ein König, mittags wie ein Edelmann und abends wie ein Bettler zu essen, unbeschadet auf den Kopf stellen. Nur nicht später als 19 Uhr.

Die Küche irgendwelchen Dogmen zu unterwerfen, mag hilfreich sein. Dann besteht allerdings die Gefahr, dass Sie nur noch ans Essen denken und der Appetit beim Körnerzählen immer größer wird. Damit wird es besonders schwer gemacht, das Essen nach dem Essen zu vergessen. Obwohl Sie längst satt sind, können Sie sich dabei wie ein Verhungernder vorkommen. Essen ist eben Lustgewinn. Dagegen hilft nur Ablenkung. Suchen Sie sich mit irgendwas zu beschäftigen, was Sie voll in Anspruch nimmt. Wenn Sie ein Musikinstrument beherrschen: Glückwunsch! Aber auch manuelle Arbeiten bis zum Auswechseln einer kaputten Glühbirne sind denkbar. (Hier gilt es den Designern dankbar zu sein, die diesen Vorgang durch ihre Gestaltungskraft inzwischen in den Rang einer Gesellenprüfung gerückt haben.) Alle Schlupflöcher zum Appetit sind zu verstopfen.

Dass unser Schnitzel auf dem Teller von Tieren stammt, hat sich inzwischen herumgesprochen. Die Zeiten, in denen man die Herstellung der Fleischwaren allein bei den Metzgern vermutete, sind vorbei. Inzwischen sind wir dank Fernsehen aufgeklärt. Um uns die Schlachttiere möglichst nicht allzu nahe kommen zu lassen, haben wir sie mit abwertenden Etiketten versehen: Die Kuh ist dumm und das Schwein ist faul. Da unsere Gesellschaft ständig nach unterdrückten Minderheiten sucht, mussten früher oder später auch unsere Fleischlieferanten dabei entdeckt werden. Seitdem werden sie betreut wie nahe Verwandte. Für unseren Fall ein Glücksfall, denn ein tägliches Stück Fleisch in der Pfanne vergiftet die Aussicht auf ein langes Leben. Erfreulicherweise rücken Gemüse und Salate immer mehr nach vorn. Milchprodukte reichen aus, um das notwendige Eiweiß zu liefern, ohne damit gleich zu Vegetariern zu werden. Butter sollte man essen wie ein Spatz. Hier gilt es gewiss einen kleinen Schatten zu überspringen. Aber beim dritten Mal schmecken Spargel oder Fisch in Pflanzenöl (mit viel Petersilie) ganz ausgezeichnet.

Keine Gefahr droht von den zahlreichen Fernsehköchen. Fachleute haben über zwei Dutzend von ihnen gezählt. Das Berufsverständnis der Herd-Künstler lässt es nicht zu, Lebensmittel im Urzustand zu belassen. Alles muss zermahlen,

zerschnitten, zerrührt, zerkocht oder sonst wie misshandelt auf den Tisch kommen. Dort werden die Speisen umgehend mit einem verzückten »Mhh« bewertet, obwohl sie den Gaumen der Juroren noch gar nicht erreicht haben können. Das gelingt nur, weil die Speisendekorateure den Status von Priestern erreicht haben, die ihre Zuschauer zu Gläubigen machen, wenn sie auf ihren Feueraltären Abendmahlrezepte verwirklichen. Wer sie nachkocht, ist selber schuld.

Obst scheinen die Essensplauderer nicht zu kennen oder nicht zu mögen. Gelegentlich fällt ihnen eine Zitrone in die Finger, von der sie offensichtlich nur die Schale für genießbar halten. Der Rest wird, wie so vieles, mit einer lässigen Handbewegung unter den Tisch gewischt. Offensichtlich ahnen sie nicht, wie köstlich ein baumfrischer Gravensteiner Apfel schmeckt, wie hinreißend eine Dechantsbirne, wie verführerisch eine Schwarze Knorpelkirsche, ganz zu schweigen von einem Roten Magdalenen-Pfirsich. Schon die Aufzählung macht süchtig.

Die Ernährungswissenschaft steht mit ihrem Latein noch ganz am Anfang. Gesichertes Wissen fehlt an allen Ecken und Enden. Deshalb ist dieses Feld auch so saatgerecht für modische Angebote. Noch nie waren wir dem Spruch so nahe, dass die Erkenntnisse von heute die Irrtümer von morgen sind. Die Regale der Supermärkte reichen kaum aus, um die Produkte einer hoch kreativen Nahrungsmittelindustrie vorzustellen. Mit links gedrehtem Joghurt und rechts gedrehten Vitamin-Cocktails werden nicht nur Speisen verkauft, sondern auch Versprechungen, unter denen ein langes Leben in praller Gesundheit und erlesener Schönheit nicht die kleinste ist. Wer auf Placebo-Effekte anspricht, kann damit sogar glücklich werden. Die anderen haben nur ein schlechtes Gewissen, wenn sie zwischendurch eine Schweinshaxe verdrücken.

Steiles Misstrauen ist auch allen generellen Gesundheitsempfehlungen gegenüber angebracht, gleichgültig ob sie kurzfristige Erleichterung oder Unsterblichkeit versprechen. Vor Gericht mögen alle Menschen gleich sein, von ihrer Konstruktion her sind sie es gewiss nicht. Sie müssten sich ja auch sonst wie ein Ei dem anderen ähneln. Deshalb ist es kühn, uns alle mit den gleichen Ratschlägen auszustatten, egal ob sie von Kräuterweiblein oder Weltgesundheitsorganisationen stammen. Was möglicherweise dem einen hilft, kann für den anderen wie Spitzgras sein.

Zurzeit ist mal wieder Olivenöl in Mode. Bald wird es wieder anderen Fetten weichen, wie damals, als es als »pflanzliches Schweineschmalz« galt und als Dickmacher verschrien wurde. Die Italiener, die es fast nur benutzen, sind größtenteils schlank und widersprechen mit ihrer Gesundheit jeder diätetischen Voraussage.

Der Rat kann deshalb nur lauten, wenn sie schon in die Apotheke gehen, kaufen Sie sich Watte und verstopfen sie sich damit die Ohren gegen alle Ess- und Nichtess-Empfehlungen. Was Ihnen schmeckt, bekommt Ihnen auch: vorausgesetzt, Sie essen von allem nur die Hälfte. (Was Sie sowieso von klein auf üben sollten.)

Unterlaufen Sie den Stress

Unsere menschenfreundliche Gesellschaft erlaubt nicht, dass jemand in ihr zu Schaden kommt. Die entsprechenden Sicherheitsvorkehrungen sind so dicht platziert, dass sie sich schon gegenseitig stören. Leider zeigen unsere Naturkatastrophen nicht den geringsten Respekt vor parlamentarischen Entscheidungen. Sie machen einfach, was sie wollen. Unser stark entwickeltes Rechtsbewusstsein kann das nicht so einfach hinnehmen. Deshalb sucht man nach einem Unglück ersatzweise den oder die Schuldigen. Hier rücken in der Regel die zuständigen Behörden ins Blickfeld. Die haben dann fürs erste mehr mit Rechtfertigungen zu tun, als mit den anstehenden Hilfsmaßnahmen. Ein Grund, sie für ihre zögerliche Hilfe zusätzlich zu tadeln.

Die Suche nach Schuldigen ist zu einem Gesellschaftsspiel geworden, und manchmal rufen die Brandstifter am lautesten nach Aufklärung. Am Ende steht die Feuerwehr, die bis zur Erschöpfung gearbeitet hat, selbst am Pranger, weil sie die Arbeitszeitordnung oder sonst irgendeine Vorschrift zu lässig ausgelegt hatte. Die Gewerkschaften kämpfen mit Heldenmut um jede Minute Freizeit ihrer Mitglieder, nur der Mittelstand scheint noch nicht begriffen zu haben, welch Schaden ihm an Leib und Seele erwächst, wenn er mehr als vierzig Stunden zu arbeiten versucht.

Als Schreckbegriff für diese Überforderung hat sich das Wort »Stress« als außerordentlich nützlich erwiesen. Da es aus der Medizin stammt, bringt es bereits ausreichend Krankenhausgeruch mit, um sich unangreifbar zu machen. Inzwischen haben sich alle Generationen der Vokabel bemächtigt. Die Senioren stehen ihrer ungesicherten Altersversorgung wegen unter Stress, die arbeitende Bevölkerung kämpft auf ihren Arbeitsplätzen dagegen an, und die Jugend sieht sich ob der schulischen Anforderungen inklusive der Hausaufgaben sogar unter Doppelstress. Wissenschaftler sind dabei, die Schwelle zu bestimmen, an der Anstrengung zum Einfach-Stress, Doppel-Stress und vielleicht sogar bald zum Dreifach-Stress wird.

Nun hat natürlich der Stress wie alles auf der Welt zwei Seiten. So wird gern vergessen oder unterschlagen, dass sich der Körper durch ihn einer plötzlich auftretenden Gefahr optimal zu erwehren vermag.

Er schaltet auf blitzschnelles Handeln um und konzentriert alle Körperkräfte zur Abwehr der Bedrohung. Das gilt genauso bei Tsunamis und Terroranschlägen wie beim Auftauchen eines großäugigen Rehs vor Ihrer Kühlerhaube oder bei familiären Ungehörigkeiten.

Das 20. Jahrhundert hat uns aber eine Reihe ganz anders gearteter Stress-Situationen beschert (und das 21. ist dabei dies noch zu verstärken), die es auf eine Dauerbelastung abgesehen haben. Nachtarbeit, Zeitverschiebungen bei Luftreisen, Fließbandarbeit, Lärm und seelische Probleme jeder Art. Ja, sogar ohne Bedrohungen kann Stress entstehen, etwa bei Reizüberflutungen, sozialer Isolation und selbst im Ruhestand.

Nun ist natürlich nicht alles Stress, was sich so nennt. Wir sind geneigt, auch schon die kleinste Unbill diesem großen Wort zuzuweisen. Dabei sind es in den meisten Fällen nur ungewöhnliche Anstrengungen, deren Bewältigung wir uns allerdings schon seit langem abgewöhnt haben. Hier wird Gelassenheit empfohlen, gepaart mit gesundem Selbstvertrauen und soviel Humor wie man besitzt. Wenn sich die Schwiegermutter zum Besuch angesagt und gleichzeitig die Milch im Kühlschrank sauer wird, kann man den Ereignisdruck gewiss auch ohne eine Sonderausschüttung Adrenalin bewältigen. Einen Problemberg zu besteigen ist sinnlos. Man fange in aller Ruhe an, ihn von unten her abzutragen und beginne dabei mit dem dicksten Brocken, der sonst ständig als Bedrohung über einem hängt. So wird man diese Aktion mit einem Glücksgefühl beenden. Unsere Fantasie, so nützlich sie sein mag, macht sich manchmal ein Vergnügen daraus, einen durch Horrorvisionen zu erschrecken. Das ist ein Spiel, das man auch (fröhlich) wie ein Spiel behandeln sollte.

Suchen Sie Zärtlichkeit

Ein uraltes Zeichen der Liebe, Freundschaft und Ehrerbietung steht plötzlich unbeachtet in der Ecke. Was, so fragt man sich, hat der viel besungene Kuss angestellt, dass man ihn jetzt so schlecht behandelt? Die einzige Antwort ist hart aber einleuchtend: Man braucht ihn nicht mehr. Einst wurden mit ihm Bereitschaften ertastet. Heute, da man samt der Tür ins Haus fällt (wenn es überhaupt noch eine Tür gibt), bedarf es solch subtiler Mittel nicht mehr. Die uns von Plakatwänden anspringenden Zurichtungen für den Geschlechtsverkehr haben alles Zarte in der Liebe ausgerottet.

Zu Schillers Zeiten hatte das Theater die gesellschaftliche Leitfunktion, die heute bei Film und Fernsehen und bald auch auf dem Handy liegt. Nach einem Blick in ein verstaubtes »Handbuch für Bühnenkünstler, Dilettanten und Theaterfreunde« wird deutlich, wie mühsam sich der öffentliche Austausch von Zärtlichkeiten durchsetzen musste. »Das Küssen auf der Bühne«, steht da, »muss mit äußerster Dezenz geschehen, in seltenen Fällen auf den Mund (an manchen Hofbühnen gesetzlich verboten!), meist auf Stirn und Wange, nur hörbar und, so oft wie möglich, scheinbar.«

Die Japaner hielten es für angebracht, Rodins berühmten »Kuss« verschämt hinter einer Bambuswand zu verstecken, als die Plastik 1924 im Rahmen einer Ausstellung mit Europäischer Kunst nach Tokio kam. In Italien war der Kuss in der Öffentlichkeit noch vor dreißig Jahren polizeilich verboten und in Marokko sollte man sich noch heute nicht mit einer Frau in einem stehenden Auto erwischen lassen, es sei denn, man wäre mit ihr verheiratet.

Nach dem Ersten Weltkrieg (und von diesem begünstigt) entwickelten die Frauen ein neues, erst einmal alle schockierendes Rollenverständnis. Die durch die Niederlage gedemütigten Männer kamen nur deswegen nicht gleich unter die Räder, weil die Männlichkeit in einem weiteren Weltkrieg wieder gefragt war. Als sie erneut besiegt zurückkehrten, fiel es den Frauen nicht schwer, sich der männlichen Insignien zu bemächtigen und mit Bubikopf und Hosen (Marke Bluejeans) strahlendes Selbstbewusstsein zu demonstrieren. Ihr Sieg war vollendet, als sich jetzt die Männer, angeleitet durch die pilzköpfigen Beatles, ihre Haare lang wachsen ließen. Gegenwärtig werden ihnen die Küchenschürzen zugereicht. Das Weiblein-Männlein-Spiel, jahrtausendelang eingeübt, ist aus dem Leim. Aus Topf und Deckel sind zwei Deckel geworden, mit denen man zwar Lärm machen kann, aber in den seltensten Fällen Kinder. Ein Umstand, der die schrumpfenden Geburtszahlen erklärbar macht.

Man kann jetzt nur noch davon träumen, wie brillant einstmals die Geschmeidigkeit der Frau war, wenn sie einen widerstrebenden Mann zu etwas verführte, gegen das er sich mit Händen und Füßen wehrte. Wie geschickt gab sie ihm recht, wenn er im Unrecht war und wie klug bewahrte sie ihn vor Gesichtsverlust, wenn er danach

»Hans Joachim, liebst du mich auch wirklich?« Der Oberlehrer: »Aber
gewiss mein Kind, wie oft habe ich das schon bestätigt, das müsste doch
nun eigentlich bald sitzen.«

seinen Irrtum einsah. Wie schlau steuerte sie das Familienleben und überließ ihm bereitwillig die Entscheidung in den großen Dingen. Zum Beispiel, wie die Welt vom Terrorismus befreit werden sollte. Das durfte er ganz allein bestimmen.

Im Taumel ihres Sieges über den Mann, der dem Wandel immer noch recht verdattert gegenübersteht, gewahren die Frauen noch nicht, welche Belastung sie sich damit aufgehalst haben. Das Doppelspiel Beruf und Familie stellt inzwischen Ansprüche, die immer mehr zu einem Monopoly führen. Natürlich ist keine Rückkehr in die »Ammenrolle« vorstellbar. Aber ein bisschen darf schon an der Auffassung gekratzt werden, dass die Frauen die besseren Männer sind. Eine Frage, die die nächste Generation zu lösen haben wird.

All dies lässt natürlich die Gegenwart auch nicht ohne Schatten. Zärtlichkeiten bedürfen immer eines Starken, dessen Fürsorge den anderen schützend umhüllt, und eines Schwachen, der sich in diesem Kraftfeld geborgen fühlt. Eingeübt wurde diese Fähigkeit beim Flirt. »Alles ohne das Eine.« Das ist heute ersetzt durch: »Das Eine, ohne das Alles.« Der Kuss muss sich dabei eine niedere Einstufung im Rang der »Küsschen links und rechts« bei den Begrüßungen gefallen lassen. Diese Bewertung erfahren auch das Händchenhalten, das Streicheln und die vielen anderen scheuen Liebesbeweise. Nach dem Handkuss wird bereits gefahndet.

Höchste Zeit, den Liebeskuss wieder zu beleben. Mit seinen vielen Schattierungen ist er ein hervorragendes Lebenselixier und wie geschaffen für unsere Rezeptur eines langen Lebens. Diese Mund-zu-Mund-Begegnung kennt, richtig genutzt, keine Sieger und Besiegten. Es ist ein Ritual der Gleichberechtigung, das freilich von Jugend an geübt sein will, gerade, wenn es im hohen Alter wirken soll. Denn genau da, brauchen wir ihn jetzt besonders dringend.

Machen Sie es wie der Frosch: Wenn der auf ein größeres Lebewesen stößt, dann nichts wie weg. Ist es kleiner als er, frisst er es auf, und wenn er einem gleichgroßen Tier begegnet, versucht er es zu umarmen: Es könnte eine Fröschin sein.

Die Notbremse

Nicht wenige Menschen sehen im Ruhestand, sprich im Austritt aus dem Alltagstrott, eine Art Generalprobe für ein Leben ohne Begrenzung. Mit ihm reduzieren sich die Tagesmühen spürbar. Mit einem Mal wird alles leicht und unbeschwert. Die morgendlichen Kämpfe um das Badezimmer lassen nach. Man verbrennt sich jetzt seltener den Mund an hastig herunter gestürztem Kaffee, und nebenbei entdeckt man, dass das Fernsehen auch ein Frühstücksprogramm veranstaltet. Die allgegenwärtige Angst um den Arbeitsplatz hat keine Wirkung mehr, denn jetzt bekommt man sein Geld, ohne auch nur einen Finger dafür krumm zu machen. Glücksgefühle vom Feinsten.

Da der Ruhestand bei uns fest mit dem Beiwort »wohlverdient« verklebt ist, gleitet man vergnügt in diese neue Lebensform, die den Beginn eines Pascha-Lebens signalisiert. (Kein Wunder, dass schon die Kleinen den Berufswunsch »Großvater« anmelden: »Der hat immer Geld, obwohl er nie arbeitet.«) Für unsere Pensionäre ist alles Urlaub. Freilich, die dafür gewohnten drei Wochen sind bald vorbei. Aber jetzt entfällt die Rückkehr in das vertraute Zuhause. Da ist man ja schon. Nach ein paar weiteren Wochen beginnt der Glanz dieser Ausnahmezeit merklich zu bröckeln. Dumme Gedanken machen sich breit. »Wozu bin ich noch da?«

Den auf Sand Gesetzten wird jetzt mit erschreckender Deutlichkeit bewusst, dass ein Haushalt auch so etwas wie eine Firma ist. Der Vorstand ist hier die Hausfrau, die offensichtlich nur mittleres Vergnügen darin findet, dass »Pappi« jetzt ganz für seine Familie da ist. Der spürt den Unmut spätestens dann, wenn er vom täglichen Staubsauger mehrfach wie eine Insel umkreist wird. Danach zeigt er sich sogar dankbar für kleine Aufträge, auch wenn sich diese mit der Zeit der Größenordnung eines normalen Dienstboten nähern. Wer versucht, die alten Herrschaftsstrukturen wieder herzustellen, begibt sich auf hochgefährliches Gebiet. Wohin auch ein noch so gut gemeinter Eingriff in die Haushalts-Logistik führt, hat Loriot in einem seiner Filme dargestellt: Sein Protagonist ist schmählich gescheitert.

Manche Pensionäre sehen nur einen Ausweg: zurück an den gerade verlassenen Arbeitsplatz, wo man sich unter Kollegen eigentlich immer wohl gefühlt hatte. Aber auch hier hat sich inzwischen ein beängstigender Wandel vollzogen. An seinem Platz findet er einen anderen, der ihn nicht kennt und den er nicht kennt. Von seinen alten Freunden wird er wie ein Störenfried behandelt. Keiner hat Zeit für seinen früheren Kollegen, und als er in seiner Hilflosigkeit sogar die Rückkehr in seine alte Stelle in Aussicht stellt, wird er freundlich verabschiedet: »Na, so dumm wirst du doch nicht sein.«

So gesehen, ist die Generalprobe für ein Ewiges Leben gründlich missglückt. Hier rettet uns auch nicht der Theater-Aberglaube, dass eine in die Binsen gegangene Probe die Voraussetzung für das Gelingen der Premiere ist. Es geht eben nicht nur um ein Einzelereignis, sondern um eine endlose Kette von leeren Tagen, auf die der Mensch nicht eingerichtet ist. Die Pflicht eines Dauerlebens schließt logischerweise das Verbot des Sterbens ein. Und hier stoßen wir doch auf ein gewaltiges Problem.

Der Ausgemusterte wird in der Regel schon mit den ersten paar Wochen seines Ruhestands nicht fertig. Und dem wollen wir jetzt auch noch Unendlichkeit verordnen? Brauchen wir den Tod nicht doch? Aber damit wären ja alle Mühen, ihn von der Erde zu verbannen, sinnlos. Mit einem Schlag hätten wir sie wieder: die tödlichen Unfälle, die aussichtslosen Krankheiten, die Kapitalverbrechen und die Kriege, die als angenehme Nebenwirkungen eines Lebens ohne Punkt und Komma untergegangen waren.

Mit der Wiedereinsetzung des Todes würde sich ohne Zweifel sofort wieder die Frage aufwerfen, wie die dabei entstehenden Menschen-Verluste wieder ausgeglichen werden sollen. Tiefsinnige werden mit Unbehagen sehen, dass damit die umständliche Technik der Zellteilung wieder eingeführt werden muss, während die Leichtfertigen gewiss frohlocken, weil die alte Bewegung in die gewiss recht langweilig gewordene Welt zurückkehrt.

Es ist nicht zu leugnen, dass Kinderspielplätze etwas Herzinniges ausstrahlen. Von den dabei benutzten Kinderschwestern ganz zu schweigen. Und das könnte den Ausschlag geben, wenigstens ein bisschen Tod zuzulassen.

Aber diese Entscheidung sollte ganz in der Hand des Einzelnen liegen. Schmerzfreiheit garantiert. Am besten wäre die Handhabung nach der Information eines Weltreisenden aus frühen Jahren. Er hatte entdeckt, dass es irgendwo in den Ozeanen eine Insel gibt, auf der die Unsterblichkeit zu Hause ist. Aber wer genug davon hat, braucht nur zu einer Nebeninsel überzuwechseln. Dort stirbt man noch nach den üblichen Regeln.

Anhang

Zu den Autoren:

PAUL SIMMEL

Dieses Buch wird ausgestattet durch den einst sehr populären Karikaturisten Paul Simmel. Der Autor muss gestehen, dass er noch nie so einen perfekten Mitarbeiter hatte. Seine Fähigkeit, eine Situation auf den Punkt zu bringen, jeder Einzelfigur Charakter zu geben und alles mit sicherem Strich in Szene zu setzen, ist bestechend. Und darüber hinaus gab es in der Sache nie Streit, nicht einmal Meinungsverschiedenheiten, was möglicherweise mit der Tatsache zusammenhängt, dass Simmel seit fast 75 Jahren tot ist.

Während viele Maler der Ölfarbe bei Auktionen zu Schwindelpreisen gehandelt werden, stehen die alten Meister des Zeichenstifts noch sehr im Schatten. Deshalb ist dieses Buch auch eine längst fällige Ehrung für Paul Simmel, der zwischen den beiden Weltkriegen die »Berliner Illustrirte« zu ihrer einsamen Millionenauflage brachte. Dass Simmel sein Leben 1933 selbst beendete, führt ihn nahe heran an die Thematik dieses Buches, die ihn vor seinem letzten Schritt selbst sehr beschäftigt hat.

Noch ein paar Worte zu Paul Simmels Zeichnungen. Seine große Bildernte stammt aus den Zwanzigerjahren. Man spürt zwar, dass sich an den Problemen der Menschen nicht viel geändert hat. Aber ihr Umfeld ist mit dem heutigen nicht mehr zu vergleichen. Und ein Karikaturist schöpft aus der Zeit. Und die wusste noch nichts von Mondlandungen, Computern und Fernsehen. Deshalb war es nicht immer leicht, die Simmelschen Entwürfe mit dem Erscheinungsbild der Gegenwart in Einklang zu bringen. Manchmal, das ist nicht zu leugnen, schwappt eben doch etwas aus seiner Zeit in die Illustrationen dieses Buches. Wer sich daran stört, für den bleibt immer noch Simmels geniale

Darstellungsart, die besonders in seinen Skizzen deutlich wird. Hier fand sich das beste Material für unsere Zwecke. Seine ausgeführten Zeichnungen, im Wesentlichen für die »Berliner Illustrirte«, sind meist Tag bezogen. Da wirkt das gerade erfundene Radio mit, ebenso wie die Dienstbotenwelt bis hin zu den Kindermädchen, die aufkommende Motorisierung und der neue Straßenbelag Asphalt.

Simmel selbst lieferte die witzigen Unterschriften zu seinen Bildern. Daran bosselte er oft länger als an den Zeichnungen. Manchmal waren sie so gut, dass sie auch ohne Karikatur ein Eigenleben beginnen konnten. (Die Klage einer verschmutzten Schrebergärtnerin: »Hände bekommt man hier wie Füße.«)

Das rechtfertigt zumindest in Teilen das Gegenstück, die Bilder von ihren Unterschriften zu lösen und sie in anderen Zusammenhang zu stellen. Genau das ist hier geschehen. Wobei die eine oder andere Zeichnung auch ihren Text behalten konnte, weil sie die Absicht des Buches verstärkte.

HORST JAEDICKE

hat sich im Laufe seines Lebens den unterschiedlichsten Aufgaben gestellt. Er war: Bademeister, Bierführer, Fährenkommandant, Brückenbauer, Hauslehrer, Regisseur, Schauspieler, Pressefotograf, Barpianist, Radioreporter, Tagesschau-Redakteur, Moderator, Familienvater, Fernsehdirektor, Geschäftsführer, Filmproduzent, Sachbuchautor, Dramaturg und so weiter und so weiter.

Begegnet war er dabei: Auguste Piccard, Pius XII., Peter Frankenfeld, Konrad Adenauer, Kronprinz Wilhelm, Alfred Neubauer, Gottlieb Duttweiler, Hans Hass, Kurt Georg Kiesinger, Willy Reichert, Horst Stern, Zarah Leander, Arnim Dahl, Friedrich Dürrenmatt, Hildegard Knef, Martin Walser, Bernd Eichinger, Caterina Valente, Gotthilf Fischer, Cathérine Deneuve, Michael Pfleghar, Leo Kirch, Loriot, Werner Fassbinder, Fritz Eckhardt, Roland Emmerich, Sandra Maischberger und so weiter und so weiter.

Geboren wurde er 1924 in Stuttgart, gearbeitet hat er dort, in Hamburg und München. Heute lebt er in Chiavari: leicht in Italien zu finden. Von Norden kommend, links an Genua vorbei. Richtung Toskana immer der Küste entlang. Portofino, Rapallo und so weiter.

Auch in rund 20 Spielfilmen hatte er seine Finger, wie »Christiane F. – Wir Kinder vom Bahnhof Zoo«, »Die letzte Metro« und »Die Sehnsucht der Veronika Voss«. Geschrieben hat er Bücher über die »Stuttgarter Privatpost«, die »Tagesschau«, über den »Guten alten Südfunk«, eine Curt Goetz Biografie, »Von der Kunst, das Leben zu verlängern« und so weiter und so weiter.

Hinterher

Wenn Ihr Ewiges Leben trotz gewissenhafter Durchführung aller in diesem Buch verordneten Maßnahmen doch beendet wird, sollten Sie sich mit dem Gedanken trösten, dass Sie sich damit einen schmerzfreien Abgang verschafft haben. Ihnen blieben alle nervenzerrenden Vorahnungen des Todes erspart. Mit einem weichen Übergang konnten Sie sich von der dunklen Erdenexistenz in ein helles Jenseits begeben. Aber das klappte nur, weil Sie sich noch bis zuletzt vorsagten:

Ich bin unsterblich.

Quellennachweis

Ariès, Philippe: Geschichte des Todes. Carl Hanser Verlag. München, 1982.

Dombrowski, Heinz: Die potenzielle Unsterblichkeit. R. Pieper & Co. München, 1969.

Freud, Sigmund: Der Witz und das Unterbewusstsein. S. Fischer. Frankfurt/M., 1958.

Gallup, Georg Jr.: Begegnungen mit der Unsterblichkeit. Universitas. München, 1983.

Geckle, Gerhard: Todesfall – was tun? WRS-Verlag. Planegg/München, 1991.

Genschorek, Wolfgang: Hufeland, Christoph Wilhelm. S. Hirzel. Leipzig, 1976.

Guttceit, Dr. H.L. von: Dreißig Jahre Praxis. Braumüller. Wien, 1874.

Hass, Dr. Hans: Energon, das verborgene Gemeinsame. Molden. Wien/München/Zürich, 1970.

Hauser, Gayelord: Bleibe jung, lebe länger. Scherz. Bern/München; 1981.

Krauss, Dr. Heinrich: Geflügelte Bibelworte. C.H.Beck. München, 1993.

Malthus, Th. Robert: Das Bevölkerungsgesetz. DTV. München, 1977.

Miller, Jean Baker: Die Stärke weiblicher Schwäche. S. Fischer TB. Frankfurt/M., 1979.

Mulford, Prentice: Der Unfug des Sterbens. Albert Langen. München, 1922.

Ostwald, Hans: Vom Goldenen Humor. Deutscher Verlag. Berlin, 1941.

Pleij, Herman: Der Traum vom Schlaraffenland. S, Fischer. Frankfurt/M., 1997.

Presber, Rudolf: Neues Paul Simmel Album. Plesken. Stuttgart, o. J.

Reimann, Hans: Mein Kabarettbuch. Stegemann. Hannover/Leipzig, 1923.

Rößler, Dr. Helmut: Gesund auch im Alter. Goldmann TB. München, 1968.

Schettler, Dr. Gotthard: Alterskrankheiten. Thieme. Stuttgart, 1966.
Simmel, Paul: Skizzen und Witze. Das Neue Berlin. Berlin, 1953.
Simmel, Paul: Simmelanten. Eulenspiegel. Berlin, o. J.
Sopp, Hellmut: Was der Mensch braucht. Econ. Düsseldorf, 1958.

Adressen

Methusalem.com
Informationen über Entwicklungen auf dem Gebiet der Gesundheit und der Langlebigkeit.

www.biostasis.claranet.de
Der europäische Vorposten des amerikanischen Cryonics Institutes (Michigan), das über große Erfahrungen im Kältekonservieren nach dem Tode verfügt.

http://zeus.zeit.dr/text/2003/05/Aging
Das Projekt Unsterblichkeit. Eine Untersuchung von Ulrich Bahnsen über die Aussichten auf ein Leben ohne Grenzen.

www.forum-trinkwasser.de
Nachweis über die Wasserqualitäten in Dtl..

www.leben-tod.de/unsterblichkeit.html
Leben nach dem Tod: Die beiden Formen: geistig-seelisch und körperlich.

www.amanita.de/forum
»Über den Unfug des Lebens und Sterbens«, eine Wiederentdeckung des Autors Prentice Mulford von Igor Warneck.

www.transhumanismus.de
Die Deutsche Gesellschaft für Transhumanismus untersucht den Traum von der Unsterblichkeit bis in die letzten Winkel.

Weitere Titel der Edition BOD

Bibliografische Information der Deutschen Nationalbibliothek:
Die Deutsche Nationalbibliothek verzeichnet diese Publikation in der Deutschen Nationalbibliografie; detaillierte bibliografische Daten sind im Internet über http://dnb.d-nb.de abrufbar.

© 2007 Horst Jaedicke
Herausgeber: Vito von Eichborn
Herstellung und Verlag: Books on Demand GmbH, Norderstedt
ISBN 978-3-8334-8125-3